世界著名少儿历险故事丛书

险中妙趣

高 帆 主编

吉林人民出版社

图书在版编目(CIP)数据

险中妙趣/高帆主编.--长春:吉林人民出版社,
2012.4
　(世界著名少儿历险故事丛书)
　ISBN 978-7-206-08837-7

　Ⅰ.①险… Ⅱ.①高… Ⅲ.①儿童故事—作品集—世界 Ⅳ.①I18

　中国版本图书馆CIP数据核字(2012)第077282号

险中妙趣
XIAN ZHONG MIAOQU

主　　编:高　帆
责任编辑:张文君　　　　　　　　封面设计:七　洱
吉林人民出版社出版 发行(长春市人民大街7548号　邮政编码:130022)
印　　刷:鸿鹄(唐山)印务有限公司
开　　本:710mm×960mm　　　1/16
印　　张:13　　　　　　　字　　数:150千字
标准书号:ISBN 978-7-206-08837-7
版　　次:2012年5月第1版　　印　　次:2023年6月第3次印刷
定　　价:45.00元

如发现印装质量问题,影响阅读,请与出版社联系调换。

前　言

　　历险故事向来是最受少年儿童喜爱的，尤其是十岁到十三四岁学龄中期的孩子们，对于历险故事简直爱不释手。

　　这是因为，这类故事非常适合这个年龄阶段孩子们的接受心理和审美需求。这些故事的主人公，有的在漫游中不断遇到种种险情、险事，有的在追寻、探求某种神秘人物的过程中历尽艰难险阻，情节曲折惊险，险中有奇，奇中多趣，对小读者具有超乎寻常的吸引力。

　　历险故事主人公的经历，多具有传奇性。奇境奇闻，在孩子们面前展开一个生疏新奇的领域，能够极大地满足这个年龄段的少年儿童普遍具有的好奇心理和求知欲望。茅盾先生早在1935年就曾说："我们应该记好：儿童们是爱'奇异'，爱'热闹'，爱'多变化'，爱'泼剌'，爱'紧张'的；我们照他们的'脾胃'调制出菜来供给他们，这才能够丰富他们的多方面的知识，这才能够培养他们的文艺的趣味……"

　　历险故事的情节，都是惊险曲折、波澜起伏的，这类作品悬念迭生，扣人心弦，既"热闹"，又"紧张"，小读者读起来津津有味，常常心驰神往，欲罢不能。若论情节本身的吸引力，历险故事是其他任何类型的作品都无法与之相比的。

　　高尔基说过："追求光明的和不平凡的事物是儿童固有的本性。"十多岁的少年儿童，只要心理正常，大多数具有一种积极向上的、向往创造不平凡业绩的荣誉感。这些历险故事里，都洋溢着一种战胜困难、勇敢进取的英雄主义精神。历险主人公，无论是在自觉探险、追寻某种事物的过程中，还是不自觉地在他平常的旅途上，遇到种种艰难、重重险阻时，都表现出一种无畏的勇气，一种"冒险进取之志气"。这种精神，对儿童那"追求光明的和不平凡的事物"的天性，既是一种自然的呼应，又是一种陶冶和激发，显然十分有利于少年儿童的健康成长。苏联教育家苏霍姆林斯基说："克服困难可以使人得到提高。经受过无法忍受的困难，并且克服了这些困难的人，能够以完全不同的方式来观察世界、理解人们。"

这些故事的主人公，在经历了种种艰险之后，总能得到一个好的结果，这也是历险故事的一个共同特点。与历经艰险和磨难紧密相连的是云开雾散，真相大白，脱离险境，喜获成功，主人公的追求总会有一个圆满的结局。读这类故事，小读者自然会从中获得一种成就感，在屏息凝神的紧张之后，从这种传奇故事中获得一种充实的心理满足。

可以肯定地说，历险故事正是广大作家按照儿童的脾胃调制出来的精美的精神食粮。

在世界儿童文学的百花园中，历险故事之多数不胜数，浩如烟海，我们只能选择其中最有名、最具艺术魅力的一部分介绍给大家。这些历险故事原作多为中、长篇，为了让小读者尽量多地领略这一艺术园地的迷人风采，我们采取了对中、长篇进行缩写的方式。缩写的原则是不改原作的思想宗旨、人物性格、故事框架，使读者读此缩写版亦能大体把握原作风貌，同时读起来又不感到空洞、枯燥，即要有较强的可读性。

把一部十几万乃至几十万字的作品，缩写成一万字，要达到上述目标是有一定难度的。缩写，也要求执笔者能进入一种类似创作的状态，对原作既要有理性的把握，也应有一种心领神会的感受，文字既要简练、准确、流畅，又能尽量体现原作的风格，这需要执笔者具备一定的素质和功力。由于原作结构、风格等情况的不同，加之我们的水平毕竟有限，所以，尽管大家都做了努力，但收到的效果仍然有差别，缩写稿显然仍未能尽如人意，我们诚恳地希望得到读者和专家们批评、指教！

为中国的孩子编选外国作家的作品，译者的劳动为我们的缩写提供了方便条件，我们充分尊重翻译家们的劳动，并对他们致以深深的谢意。但还要说明的是，有些篇目参照了不同的译本，有些对原译文字进行了较大改动，为了本书规格统一，缩写稿的原译者就一律未予注明，在这里也一并表示歉意！

缩写稿中，有两篇直接选自张美妮主编的《外国著名历险奇遇童话故事精选》（中国少年儿童出版社），在这里我们向原编者、出版者诚致谢忱！

高　帆

目录
contents

目录
contents

吹牛大王历险记

〔德国〕拉斯伯　原著

　　亲爱的先生们、朋友们和猎友们，我，冯·明希豪森男爵，从前可的确是个年轻而结实的小伙子，坚决果断，力大过人，我曾周游世界，有着说不完的冒险经历。当然，每次都运用我的智慧和神力化险为夷，甚至因祸得福了，现在就给你们讲讲我的故事。

拉着辫子跳出泥潭

　　一天黄昏，我已经打了几小时猎，感到非常疲倦，所以回家时骑在我那匹黑马上快要睡着了，一路上我迷迷糊糊，根本不注意走什么路，直到我的马在一个很大的泥潭前突然停住了脚步，我才从半睡中醒来。我抬头一望，发现路到这里已经中断，只是在泥潭的那边才继续有路。转回头，去另找一条路吗？那我可不干！我毫不犹豫地用马刺一踢黑马，勇敢的黑马后腿一蹬，一秒钟后，我们就已经飘游在半空中了。这时我猛然想到，我的马今天下午已经够疲乏的了——我们追猎捕获了大约25到30只兔子。如果它起跳前不做助跑动作，恐怕难以跳过这样远的距离。我当机立断地在空中调转马头，回到起跳的地方。

我拍了一下马脖子，往后退了一段路，然后策马重新跑向泥潭腾空而起。这块沼泽地，根据我来估计，大约有20来步宽，但是当我发现它实际上还要宽6步的时候，我赶紧又踢了一下马肚子，黑马又向前来了个急冲，但这也无济于事！我们还是没有到达对岸，骏马和骑士都陷进了粘稠的泥浆。泥浆已经陷过臀部，只有我的上半身，马的脖子和脑袋还露在外面，眼看就要有灭顶之灾而毫无希望了。在这种情况下，朋友们，是多么需要有机智啊！我用双腿紧紧地夹住骏马，再用空着的右手一把抓住自己的辫子，连人带马拉向空中。出了泥潭后，我们轻松地一路快跑，继续朝家里走去。怎么样，现在你们不再怀疑我那时候惊人的力量了吧！

用眼爆的火星打野鸭

一般说来，一个真正的猎人也只有在下面这种情况下，才真正有机会运用非同寻常的手段来显示他的老练和敏捷。比如说，他在打猎时没有通常的弹药，也就是说，他身边虽然还有火药，但是铅弹、弹丸或者霰弹却已打完。我参加规模较大的狩猎团体时就经常发生这种情况。

一天早晨，我透过卧室的窗子发现，紧挨着我宫院的一个大池塘里浮满了野鸭子。我高兴得来不及梳洗，一把操起猎枪，装上弹药，慌慌张张地窜下楼梯。在匆忙中，我一不小心把脸给撞在楼梯的方柱上了。这下撞得可真厉害！我的眼睛里不禁爆出了火花。但这片刻也阻挠不了我，我继续向前狂奔，终于到了长满灌木和芦苇的池塘边。当我举枪瞄准，准备射击的时候，发现在刚才那猛烈的碰撞中，燧石从枪机里跳落了出来。本来这一枪肯定是百发百中的——但是现在枪机里没有燧石！怎么办呢？

我立刻决定利用刚才在楼梯方柱上得到的经验。

我打开引火盘盖子，把枪贴紧脸颊，握紧拳头对准自己的眼睛用力一击。我所希望和等待的事发生了：受到猛击的眼睛火花四溅，点燃了引火盘，枪响了。这一枪竟打死了五对猎物——四对火鹤和一对大鹳。

通条上的鹧鸪

有一次，我外出试验一支新买的猎枪，偏在我子弹都打光了的时候，猎犬搜索猎场，惊飞了一群鹧鸪，它们在不远的地方又停落了下来。我的心头顿时腾起一个愿望，一定要给晚餐添几只美味的鹧鸪。但是子弹袋已经空了呀，怎么办？先生们，我这时突然有一个绝妙的主意。我飞快地装上火药，把擦枪的通条一头削得像铅笔那样，装在枪膛里。是啊，是通条，不是子弹。这群鹧鸪就在这儿一块土豆田的尽头，我持枪快步接近。啪喇喇，鹧鸪全部飞起了，我急忙举枪，瞄准——砰！通条飞出枪膛，连穿七只鹧鸪落在附近。我拾起像串在铁扦上待烤的七只鹧鸪，走回家去，迎接丰盛的晚餐。

你们看，万事只需要动脑筋，想办法。

被钉在树上的大野猪

几天以后，我打完猎回家，弹药已经打光，只有一支空了膛的猎枪背在肩上。突然一头野猪发疯一般地向我迎头冲来，我为了安全起见爬到最靠近身边的树上。那头野猪又向小桦树冲来，当那白厉厉的长牙凶猛地撞上来的时候，我刚把双腿往上一缩，好险哪！这一下子可真不得了，尖尖的牙齿把小桦树戳了个对穿，树干的另一边还露出一英寸长的白牙呢！我毫不迟疑地滑下树来，拾起一块拳头大的圆卵石，把露出来的尖牙敲扁，就像铆在树上一样，使它动弹不得。第二天早上我带了几个人来到桦树旁，把一颗子弹穿过它的眼窝射进脑袋。

我还想补充一点，在我用石头从四面对牙尖敲打了很长时间，直到那脆硬的牙骨发热变软，易于弯曲，这事才成为可能。

鹿头上长起的樱桃树

有一次，有一只雄壮而美丽的公鹿迎面向我走来时，我全部子弹都打光了。它安详地望着我，好像知道我的子弹袋空了似的。我把火药装进枪里，还放上一把樱桃核。那只公鹿嘲弄般地向我微笑着，砰地一声，我准确地射中了它两角之间的额头，但见公鹿只摇晃了几下脑袋，慢悠悠地向森林深处走去。

就在一两年以后，当我们在老地方狩猎时，一只非常强壮的公鹿，两角之间竟长了一棵高达10英尺的樱桃树，径直向我走来。我马上就记起了以前打的那一枪樱桃核的事。显然这头美丽的公鹿，早该是我合法猎取的财物了，因此我很快当胸给了它一枪。它倒在地上后，我不但得到香喷喷的烤鹿肉，还尝到甜津津的樱桃，因为那棵树上挂满了熟透了的樱桃。

用油脂捉野鸭

一天傍晚，我经过一个小湖，看见湖面上游着十几只野鸭，但是它们分散四处，所以最多只能打到一只。要是能一下子全部把它们逮住，那该多好啊。现在只有一颗子弹在枪膛里，还丢失了火药。我突然想起，我还带着一块火腿油，我把生猪油结在一根长绳的一端，自己则藏在岸上的芦苇丛里，抛出了诱饵。我欣喜地观察着离得最近的那只鸭子蹚游过来，吞下那块猪油。润滑的猪油很快地滑过胃肠，原封不动地从鸭屁股后面溜了出来。紧接着，近旁的另一只鸭子又吞下了生猪油。由于在每只鸭子身上都发生了和第一只同样的情形，因此还不到几分钟，湖面上所有的13只鸭子都串到那条绳子上去了。

看到那么大的收获，我真是高兴极了。我把串着鸭子的绳子围着腰绕了几圈就上路回家了。我很快发觉，要把它们带回家去不光不容易，还不太舒服，因为我突然感到我在腾云驾雾了。你们想象一下，鸭子全都是活的，当它们弄清楚是怎么一回事的时候，便开始急促地拍翅飞翔。它们凭着全体的力量把我也拖到空中。开始我有点惊慌，但很快就镇定下来，把我的外套下摆当作舵，驾驶着这串鸭子向家里飞去。一会儿我就飞到了我家房子烟囱的上空，我当机立断，一只只地扭断鸭子的脖子，缓缓地降了下来。当我不走正路，而是从烟囱管里突然降到壁灶上的时候，我的厨子惊呆了。他正想生火煮晚饭呢。

瞎眼的大母野猪

有一次，我在密林深处看见一头小野猪，后面紧盯着一头老野猪，我举起猎枪，犹豫不决地一会瞄准儿子，一会儿瞄准母亲，不知道究竟应该打死哪一只。最后我终于扳动了枪机，枪响后，小猪飞快地跑掉了，而那只老野猪却像脚底生根似的留在那儿。这倒稀奇！走近一看，原来那只老母猪是个瞎子。它嘴里还咬着一小段小猪的尾巴呢。我的子弹正好打中小猪的尾巴，小猪在尾巴打断后跑了。失去了向导的老母猪，只得呆呆地站在那儿。不用考虑，我当然是拉着半截尾巴把瞎眼野猪带回家去。我大声叫喊着我的妻子让她看看，是什么样的野味跑进了她的厨房。

燧石相撞炸熊公

有一次在波兰的森林里，有一头巨大的熊张开两只前爪，龇牙咧嘴地向我直扑过来。我想这下可完了，不是给熊勒死就是脑袋被拧下来。我急切地掏遍所有的口袋找火药和子弹，然而我找到的只是几块燧石。

熊越逼越近，当我已经感觉到熊嘴里冒出的热气的时候，就用尽气力把一块燧石扔进张大的熊嘴巴。这对熊公来说，显然不太中用。在一声表示不满意的咆哮中，它突然转身向左，快得使我来不及给它扔第二块燧石。它又突然把屁股转向了我，我举起第二块燧石，用力地扔进它的肛门。最多才两秒钟时间，两块燧石就在熊肚子里相撞炸了起来，我那可怜的熊公随着轰隆巨响被炸成了碎块。我长长地呼出一口气，如释重负。

活动的头盖骨

我在华沙还结识了一位老将军，他的大名你们肯定常常听说过，这就是斯科本丹斯基。有一次在和土耳其人的战争中，他的头骨被霰弹掀去了一块。从此他就装了一块银片来替代这块头盖骨，还安上铰链，以便随时开关。

那时，我们每天都在一家小酒店里一起大吃大喝。我很快注意到，每当我们因为喝多了匈牙利葡萄酒而脸色通红、头昏脑胀的时候，那位老先生却只要偶尔把手指往头发里摸一下，脸色就还原变白，脑袋又十分清醒了。

别人跟我说，这没什么大惊小怪的，老将军只要随时揭开那块银质头盖骨，就能使酒精气全部跑掉。我想证实这是不是真的。

我装作无意地站到将军身旁，手里拿着一块燃着的点烟斗纸片，但我没有用它去点燃我的烟斗，却去点着了从他脑袋里冒出来的酒精气——看哪，多美丽的蓝色火焰啊！而将军呢，尽管已发觉了我的计谋，但却像个头顶有最美丽的灵光的圣尼古拉，微笑着稳坐在那儿！

我太喜欢这个玩意儿了，所以马上去同一个手艺精巧的金匠商量，他是否也能给我做一只这种东西。他说行是行，不过我得先做一次穿头颅的手术，就是先从自己的头盖上取下一块头盖骨，或者就得耐心等待，到下一次战争时也让炸弹把头盖骨掀掉一块。前者我没有做，后者么，我白白等到现在还没有机会。因此，非常可惜，我还是没能装上这只活瓣。

八条腿的野兔

一次，我为了追逐一只野兔竟整整骑马跑了两天两夜。猎犬皮卡斯也步不松地紧追着，然而我总也没能赶上打枪。不过最后我还是追上了这只野兔，我开枪向它射击，它随着枪声倒下。我还来不及重新装填火药就赶了过去，因为皮卡斯并没有像往常那样把猎物衔过来。请你们想象一下，我当时看到打死的野兔时那副诧异的表情吧！这只野兔除了肚子下生着普通的兔子都有的四条腿之外，在脊背上还长着四条腿。

现在，这只野兔为什么能如此神速奔跑的谜解开了，因为它在下面四条腿跑累以后，可以像一个既会游仰泳又会游俯泳的优秀游泳运动员那样自己翻一下身，用另外四条腿重新以同样快的速度继续逃命。

意外的收获

有一天，我骑马外出打猎，还带着正在怀孕的猎犬策菲雷特，它跑得不像往常那样飞快了。

过了不久，我们面前就出现了一只野兔子，看上去还特别肥。策菲雷特敏捷地追了上去，"哼，你跑吧，你们两个很快都会吃不消的。"我一边想，一边慢吞吞地策马跟在后面。一眨眼，它们就跑出了我的视线。突然，我听到一群猎犬的连声吠叫，可是声音是那样的微弱，弄得我莫名其妙。我快马加鞭地赶上去，一个难以相信的奇迹出现在我眼前。那只母野兔一下子生下了五只小兔崽子，而就在这同时，我的策菲雷特也生下了五条小猎犬，吠叫声就是这五条小狗发出来的。追猎是从一条狗和一只兔子开始的，而我带回家的却是六条狗和六只猎获的兔子。

教堂顶上的骏马

在那次罕见的猎兔后不久，我启程去俄国。这时已经是大雪封盖的严冬了。

我通过波兰北部地区向北继续赶路时，整整一天，路上没有看见一个村庄、一个酒店或者一座房子，在我眼前是一片大雪覆盖的荒野。

深夜，我全身骨架像要散了似的下了马鞍。幸好，我还有一只大面包。这原来是我为坐骑作不备之需而随身带着的，现在只好和它分着吃了。

我把马拴在附近一个像尖树桩那样的东西上，我自己则在离马几步远的旷野雪地上，把马鞍当作枕头，躺了下来。我感到高兴的是，风向在变，冷得刺骨的北风转成了温和的南风。这时我失去了思考能力，瘫倒在地，疲倦得入睡后像个死人一般。等我醒来时，天已大亮了。我向四周一望，发现我躺在一个村庄中央的教堂前面。我真不敢肯定，我是不是还在做梦。

我的马呢？前后左右都不见我的马。这时我听到有人在说话。就在我把头转过去的时候，清楚地听见一匹马在我的头顶上空嘶叫。农民们十分敬畏地向我问候并用手指指上空，原来在教堂塔顶的尖端上吊着我的马。我很快就明白这是怎么一回事了。

昨天，整个村庄都被厚厚的雪层盖没，在漆黑的夜色里，只有星星和白雪才反照出一点儿微弱的光。我认为是树桩子的东西，实际上是教堂塔顶的尖端，我把马就是拴在这尖端上面的。在我熟睡的时候，天气变暖，雪层全部融化了，我就降到了地面上。

我要赶快救下我的马，使它脱离这种困境。我摸出手枪，一抬手打断了缰绳，我的马飞快地回到了我的身边。我骑上它，又继续向前赶路了。

一拳打进狼的内脏

一天，在回家的路上，我发现花园附近有一头很大的野兽。这时，天已黄昏，我没有看清楚是什么野兽。为了弄清楚这是狗还是什么东西，我一下马就回头朝花园走去。我刚拐上两边树木还是光秃秃的林荫道，那只不能肯定是什么的野兽张着大嘴，向我迎面扑来。尽管天色越来越暗，我还是从它那扑人的姿势上认出，在我面前的不是狗，而是一条狼。

怎么办？我身边没带武器，现在这头猛兽在一秒钟、一秒钟地向我逼近。我不由自主地捏紧拳头，捅进那张着的狼嘴。我为了安全起见，把手臂全部伸了进去，直到它肩膀的地方。野兽的双眼凶光毕露，我清楚地看出它那罪恶性的打算：只要我一抽出手来，它就会猛扑上来，把我撕成碎片的。

在这危急关头，我沉着镇定，用力揪住它的内脏。这一下，恶狼痛得高声嚎叫起来，再也别想咬人了。这时，我像翻手套那样地把它整个儿翻了个"里朝外"，然后把它扔在地上就回家了。第二天早上，园丁发现了这只奇怪的狼。

外套发疯了

有一回，我在彼得堡一条狭窄的小路上，遇上了一条疯狗，它紧紧地追着我。我根本不想自卫反击，只是急匆匆地继续走自己的路。但是，为了便于跳跃奔走，我脱下外套作为牺牲品向疯狗扔去，这样我就争取了时间。在疯狗恶狠狠地咬着外套的时候，我跑进了一间开着门的屋子。直到有人路过这儿打死了这条疯狗，我才拿回我的外套，外套被疯狗咬了几个小洞。

回家后我叫仆人让我的裁缝补好咬坏的地方。约翰把补好的外套挂进了我的藏衣室。

但是第二天清早，约翰的叫喊声把我从睡梦中惊醒："男爵老爷！男爵老爷！您的外套发疯了！"我急忙从床上跳起来，匆匆穿上一件睡衣，跟着他跑到我的藏衣室，啊，真的！我的外套真的发疯了！我亲眼看见这件发疯的外套扑向一套新做的大礼服，残忍地撕扯着它。我开了一枪，才制止住这件外套的胡闹。为了不使这类事再发生，我让仆人们把衣服全部烧掉了。

恶狼拖雪橇

当我乘着雪橇驰到彼得堡门前的一片树林子里的时候，一条可怕的恶狼在雪橇后面追来，并且越来越近。我机械地往雪橇上一躺，恶狼一下子越过我的身体，发疯似的扑到马背上，一口就把马的屁股全部吞下，马由于恐惧和痛苦，跑得更快了。我发现恶狼快把整匹马吞完了，直起身来，给它狠狠的一鞭子，这头吃得膨胀的畜生根本不理会这种打击，只是尽力向前跑窜。马的尸骸倒向地上，你们猜怎么着？那只恶狼竟代替了马的位置，钻到套马的马具中去了！

我当然不让它清醒过来，不断地用力鞭打。雪橇就这么飞快地驰进彼得堡，一路上把见到我们的行人吓得目瞪口呆。我在陆军元帅的宫殿前才停了下来。

半匹马上建奇功

我进入彼得堡的这种方式给我带来的后果，是让我这个善于驾驭野兽的德国人带领骑兵团开赴前线，同土耳其人作战。有一回，我们刚同土耳其人打完仗，我带着气喘吁吁的马来到广场的井边，想让它喝点水。但是，像它那种止不住的口渴的样子，我还从来没有见过。

它不停地狂饮着，喝了足足5分钟或10分钟之久，把我看得简直呆住了。后来我一抬头发现我那可怜的坐骑整个后半截都没有了，因此从前面喝进去的水，又从后面流了出来，一点也没有使这匹骏马解渴。正在我纳闷的时候，一个士兵跑来告诉我，刚才，就在我冲进敌人要塞时，敌人突然放下闸门，一下子把马的后半截切掉了。我听了解释后，骑着前半匹马飞快地跑回原来的城门，找到了那后半匹马。这时，它还在全力追击着几个逃散的土耳其残兵呢！

我叫来能干的军医把两个半截马又重新缝合在一起。由于他手头没有羊肠线，所以用的是月桂树的新枝条。不过，这还真不错，新枝条在马身上生了根，向上长成了一个月桂树枝的凉棚。坐在这舒适凉爽的凉棚下，我还建树了不少的战功咧！

没想到就在第二次战役中，我为了侦察敌情，竟误中埋伏，束手被俘。

登月取银斧

我被土耳其人俘虏后，成了奴隶，苏丹王派我在他的花园里做养蜂人。每天早晨，我把它们驱进草地，一整天看护在那儿，晚上又得照料蜂群全部回到蜂窠。

一天傍晚，我发现少掉两只心爱的蜜蜂，心里十分惆怅。我四处张望着，突然看见两只大狗熊为了蜂蜜，正想把这两只蜜蜂撕碎呢！

这时，我身边没有其他武器，只有一把作为苏丹园丁标记的银斧。我一急，就把它朝黑熊掷去。尽管我没有命中目标，两只狗熊却吓得连滚带爬地逃走了。

可惜，那把银质小斧被我这么用力一掷，从两只熊脑袋之间穿过，竟滴溜溜地向上飞去，越飞越远，越飞越高，最后一直飞到月亮上，并且留在那上面了。

现在我该用什么办法把它再拿回来呢？哪儿去找这样长的梯子，从地球爬上月亮去取斧子呢？我突然想起，前几天一位花园老监工给我一粒土耳其豆，这种土耳其豆长起来速度惊人。我毫不迟缓地把它种在地上。这时，奇迹发生了！我几乎刚把豆投进花坛的土里，它就开始发芽，才几小时工夫，豆蔓就在我眼前往上长得绕住了月亮的下端。

我充满信心地循着豆蔓向月亮爬去，经过几小时艰难的攀登，终于平安地踏上月亮。现在要想在这一片银光闪闪的地方找到那把小银斧，可不是件容易的事。我找了几个小时，总算找到了失物。

可糟糕的是，就在我找斧子的时候，炽热的太阳晒枯了我的豆藤梯子，我束手无策地跌坐在月亮上。幸亏斧子落在一堆糠秕和干草上，因此我就用干草搓一根长长的草绳。我把草绳绑在月亮的一个角上，然后顺着草绳往下滑去，我左手拉住绳子，右手握着小斧。每滑下一段，就把上面多余的那段绳子砍下，重新接在下面，就这样我往下滑了很长一段路。谁知道，我这样一砍一接，一接一砍，绳子已经不结实了。当我离地面大约几英里远，还在天上云间的时候，草绳断了，我重重地跌到地球上，昏了过去。

过了很长时间我才苏醒过来，发现我在地上撞了个半个英里深的大坑。后来，我用手里的斧子砍出几百级台阶，才爬上地面来。

惩治贪馋的大狗熊

在我的家乡，人们经常用涂着蜂蜜的木棍儿捕捉苍蝇，我也决定用同样的方法来捕捉狗熊。

我用蜂蜜涂在一根车杠上，然后就躲在附近。第一天晚上，毛皮先生就出现了。它咆哮着围着马车转了几圈，没有发现什么可疑的东西，而蜂蜜却发出了诱人的香味，它就开始从车杠头舔起。这畜生不知不觉竟连整根车杠都舔进了咽喉，车杠通过胃肠，然后从肛门伸了出来，这正是我所期待的。我急忙跑近车子，在车杠上钉进了一枚坚固的木钉，切断了这位贪食者的退路，把狗熊固定在木杠上了。

第二天早上，苏丹大帝散步经过这里，看见我这种奇妙的狩猎方式，捧着肚子笑得差点儿直不起腰来。不久，我被释放，回到了家乡。

在狮子和鳄鱼之间求生

有一次，我航海来到锡兰岛。一天，我一个人在海边碰到一头巨大的狮子，我举枪瞄准扳动了枪机，没想到猎枪里装的是打鸟用的霰弹，就是顶着狮子的眼睛打进去，也不会给它带来多大痛苦。更愚蠢的是，狮子根本还没有进入射程之内，我就开了火。

兽王只迟疑了一下，就把头一抖，发出一声可怕的吼叫，扑将上来。我吓得转过身去想要逃跑，可是，天哪！就在我前面几步远的地方卧伏着一条怕人的鳄鱼，它正张开血盆大口想把我一口吞下去！我当时的处境是多么可怕啊！我背后是猛狮，前面是凶鳄，左边是激流汹涌的大海，右边是毒蛇成团的泥沼。我不是在鳄鱼的牙齿中间，就是在狮子的舌头上找到归宿！

几秒钟以后我听到身边一声巨响。我壮起胆子，抬头一看——狮子在激怒中越过我而钻进了鳄鱼张开的大嘴，一个大脑袋卡在另一个的喉咙里。两个家伙都用尽全力想互相脱离开来。

我立刻跳了起来，抽出猎刀一挥，斩下了狮子的脑袋，没有头的狮身滚到我的脚旁。我马上抢起猎枪，用枪托把那颗狮子头深深地敲进鳄鱼的喉咙。可怜的鳄鱼最终也活活地窒息而死。

发怒的"大礁石"

在回欧洲的途中，我经历了一次十分离奇的险遇。启程后的第二天，我搭乘的军舰被什么东西猛烈地撞了一下，大家都以为船触了礁，但是海图上并没有标出这一带有礁石。我们把铅锤放到水下很深的地方也找不到什么暗礁。令人费解的是，不仅我们的舵机撞丢了，船首的斜桅也一折两断，而且连所有的桅杆都从上到下裂成碎片了。

这一下撞得可真厉害，有一个可怜的水手正在收主帆，竟被撞出船外至少有三海里远。幸而他运气好，在掉进水里之后，抓住了一只飞过他身边的火鹤的尾巴，从而救了自己的性命。他不但没掉进大海，而且还有机会伏在火鹤的脖子和翅膀之间，紧紧抱着它向船只游来，直到我们把他拉到船上。

还有一点也能证明这一撞击的厉害程度：所有在甲板之间的人都弹了起来，脑袋撞到天花板上。我的头因此给撞进了肚子，好几个月后才慢慢地回到它原来的脖子上面的位置。

当一条巨大的鲸鱼出现的时候，一切疑问都迎刃而解了。原来我们撞的那块"暗礁"，是一头巨大的鲸鱼。它正躺在水面上睡觉呢，对我们打扰它很不满意，就一口咬住我们的船锚，拖着军舰在海洋里从早到晚跑了一天。直到它把船锚的铁链咬断了，我们才脱险。

（赵大军　缩写）

木偶奇遇记

〔意大利〕科罗狄　原著

　　从前有一段木头，老木匠安东尼要用它做条桌子腿，可他刚砍下第一斧，一个很细的声音埋怨道："哎哟！你把我砍痛了！"他刚刨了一下，那个很小的声音嘻嘻笑着说："快住手！你弄得我浑身怪痒痒的！"可怜的老木匠吓坏了，扑通一声坐在地上。恰巧，他的老朋友盖比都想做个木偶，他就把这段木头送给了盖比都。

　　盖比都一回家，就动手做木偶。先给木偶取名叫匹诺曹，然后一下一下刻出了眼睛、鼻子、嘴巴、肩膀……还没完全刻成，这个匹诺曹已经开始调皮捣蛋了。手刚做好，就抓走了老盖比都的假发；脚刚刻完，就踢了盖比都的鼻尖；刚教会他走路，他就连蹦带跳跑到大街上去了。一个警察捉住他，交给盖比都，匹诺曹怕挨惩罚，躺在地上耍赖。人家还以为盖比都虐待孩子，竟放了匹诺曹，反倒把可怜的老头抓进了监狱。

　　匹诺曹自己跑回家，高高兴兴地透了一口长气。忽然他听见"唧唧"的叫声，原来是一只会说话的蟋蟀，它住在这里已经100多年了。蟋蟀说："那些不听话的孩子真糟，任意离开家，到头来绝不会有好结果！"匹诺曹哪里听得下这个，当蟋蟀警告他这么着会变成驴子，并说他有个木头脑袋时，匹诺曹火冒三丈，猛地跳起来，拿起一个锤子就扔过去。他也许根本不想打中它，可是真不巧，正好打中了它的头，可怜的蟋蟀只来得及叫一声唧唧，就给打死了。

天渐渐黑了，匹诺曹今天没吃过一点东西，他饿极了。他翻箱倒箧，可是一点吃的东西也没找到。忽然他在一堆垃圾里发现一个大鸡蛋，木偶心里是怎样的高兴啊！他吻着蛋，琢磨着怎样吃：煎个荷包蛋吧？不，恐怕煮得半生半熟的更好；也许炒蛋的滋味不是更好吗！他往锅里放了一些水，等水一冒气——咔哒！敲破了蛋壳，可倒出来的却是一只很活泼很有礼貌的小鸡。小鸡姿势优美地鞠个躬说："多谢你，匹诺曹先生，你帮助我解决了破壳的困难。再会，祝你全家幸福。"说着，拍拍翅膀从窗子飞出去了。可怜的木偶目瞪口呆，片刻他清醒过来，绝望地哭喊了起来。他想还是到邻近小镇上去，巴望有好心人能给他一块面包吃。

这是个可怕的夜晚，电闪雷鸣。镇上漆黑一片，店铺全关门了。匹诺曹因为饥饿和害怕，身子软弱无力。他去拉一户人家的门铃，要一片面包吃，可是一个戴睡帽的老头儿蛮横地喊道："滚开！"他以为又是那些喜欢捣蛋的孩子来开玩笑，打扰别人睡觉。匹诺曹回到家里，又累又饿，他再没力气站着，只好坐下来，把两只脚搁到烧炭的火盆上，不知不觉地睡着了，他的木头脚被烧成焦炭了，可他还睡得很熟。直到第二天早晨，有人敲门，他才醒来，原来是盖比都回来了。

匹诺曹一听到父亲的声音，马上跳下凳子要去开门，可他烧掉了双脚，倒在了地上，于是打着滚号啕大哭。盖比都以为这一套哭喊是木偶在捣鬼，想好好收拾他，就打窗口爬进屋子，看到他的确没有脚，心就软了。匹诺曹哭诉了自己一夜的遭遇，盖比都听明白了这只是一件事，就是木偶饿得要死了，于是从口袋里掏出自己的早餐——三个梨给木偶充饥。可是木偶让他削了皮才肯吃，又把梨心剩下来。他吞完三个梨，肚子还饿，只好吃了皮和梨心，才满意地拍拍小肚子，说："现在我觉得好多了。"盖比都说："我的小宝贝，你必须养成粗食的习惯，别太挑肥拣瘦了。在这个世界上，什么事情都会有！……"

木偶肚子一不饿，马上就哇哇大哭，吵着要一双新的脚。盖比都为了惩罚他的恶作剧，让他哭了半天。木偶边哭边保证："从今以后我一定做个好孩子，我要去上学读书，等您老了，我养您。"盖比都可怜他，给他做了一双漂亮的新脚，木偶简直乐疯了，要马上去上学，可他要一套新衣服。贫穷的盖比都用花纸做了一套衣服，用树皮做了一双鞋，用面包屑和水塑了一顶帽子。木偶对自己的模样满意极了，可是没有识字课本呀！老头儿拿了那件打满补丁的旧外套，换来了识字课本。外面正在下雪，他只穿一件衬衫。匹诺曹一下子就明白了，扑过去吻盖比都。

雪一停，匹诺曹就夹着识字课本去上学。他边走边自言自语："今天到了学校里，我要学会读书。以后凭着自己的本领，挣到许多钱，给爸爸买一套黄金做的衣服。为了给我买课本，竟把上衣给卖了，只有做爸爸的才肯做出这种牺牲！……"忽然远处传来音乐声，又是吹笛子又是敲鼓。他站在那里拿不定主意，是上学呢还是听吹笛子。"上学校的日子还多着呢。"他撒腿就跑，来到一个木偶戏院前，他只想到玩，竟用识字课本换了4角钱买了一张门票。可怜的盖比都，为了给儿子买课本，光穿着衬衫，冷得发抖呢！

匹诺曹一进木偶戏院，便闹了个大乱子。正在台上表演的哈尔昆和潘新罗两个木偶看见了匹诺曹，于是匹诺曹跳到了台上，接受了男女演员的热情拥抱和祝贺。观众们不耐烦了，他们要看戏。这时经理出来了，他样子凶极了，他的墨水般黑的长胡须，从下巴一直拖到地上，嘴大得像炉口，一双眼睛好似两盏点着火的红玻璃灯，手拿一支用蛇和狐尾编成的大鞭子。木偶们吓得直发抖，继续演戏，经理要晚上处罚捣乱的匹诺曹。

晚上，经理在厨房里用铁叉串了一只羊在火上烤着，柴烧完了，而肉还没熟，于是他派人把匹诺曹捉来。匹诺曹大叫："我的爸爸，快救救我！我不要死！……"经理名叫食火者，样子很可怕，可他实在不是个坏人。

当他听见匹诺曹喊着"我不要死"的时候，猛然打了个喷嚏，这是表示他心软的方式。于是他决定用哈尔昆代替，烧熟羊肉。哈尔昆吓得魂不附体，匹诺曹恳求经理放了哈尔昆，可经理需要另找一个木偶烤熟羊肉。匹诺曹骄傲地挺直了身体，说："来，把我捆起来扔到火里去，我不能让我的朋友替我去死！"在场的木偶，都被他的英雄气概感动得哭了起来。食火者最后打了四五个喷嚏，让勇敢的匹诺曹吻了他一下，叹口气，摇摇头说："今儿晚上我只能吃半生不熟的夜饭了。"木偶们一听说开了恩，跑到戏台上跳了个通宵。

第二天早晨，食火者给匹诺曹五块金币，让他回家孝顺盖比都。在路上，匹诺曹碰到一只瘸腿狐狸和一只瞎眼猫，他们的跛脚和瞎眼是装的。一只乌鸦飞来说："匹诺曹，你别听坏伙伴的话……"可怜乌鸦连"啊"都来不及，就被猫连毛带骨吃下去了。狐狸和猫骗匹诺曹说："在猫头鹰国里，有一块奇怪的田，只要你把金币埋进去，就会长出一棵树，上面挂满金币！"匹诺曹兴奋地跳起来，喊道："那多美呀！等我采了金币，拿500块送给你们，其余2000块给我爸爸。"狐狸和猫装作看不起的样子说："不需要，真的！"匹诺曹跟狐狸和猫上路了。

他们走到了红龙虾宾馆，就进去休息，约好半夜赶路。半夜，匹诺曹被店主人喊醒时，那两个骗子已经先溜走了，他付了一块金币算是三人的饭钱。他一个人摸索着赶路。四周黑漆漆的，静悄悄的，忽然他看见一棵树干上有一只小动物，闪着青白色的暗淡的光。它自称是会说话的蟋蟀的灵魂，它劝木偶带着四块金币回家找他爸爸："我的孩子，你别相信那些一夜可以使你发财的话。这些人不是疯子就是骗子。"木偶偏要去。"再会，愿你别遇到杀人的强盗！"会说话的蟋蟀一说完这话，立刻不见了。

木偶一面重新上路，一面想道："我们这种可怜孩子多倒霉！人人都骂我们，人人教训我们……"就在这时，他发现黑暗中有两个浑身裹在装炭袋子里的黑影，向他跑来，他急忙把四块金币含在嘴里。他被抓住了，做手势表示没钱，两个强盗说要杀他爸爸，他一急就喊："别别别，别杀我可怜的爸爸！"可他这么一叫，嘴里的金币就叮叮当当响起来了。两个强盗用刀子撬他的嘴巴，匹诺曹一口咬断了一只手，接着吐出来，可是落在地上的却是一只猫爪子。匹诺曹挣脱了，跑了15公里，可强盗紧追不舍。他爬上一棵树，他们就在树周围点上火，他跳下来重新逃走，他们还是追个不停。他跳过一条污水沟，以为他们会被淹死，可是他们也跳了过去。

这时木偶已经完全泄气，刚想告饶，但看见深绿的树林子里，有一座雪白的小房子，便不顾死活地跑了过去。敲门，没人答应；用脚踢，一个长着青头发的美丽的小仙女出现在窗口，立刻便不见了。匹诺曹祈求小仙女救救他，这时两个强盗抓住了他，让他张开嘴，用刀刺他的背。幸亏木偶是用坚硬的好木头做的，刀倒断成好多片。两个坏东西把他吊在一棵大橡树的树枝上，等他断气，他们想明天早晨木偶的嘴就会张开，就走了。这时一阵大风吹来，木偶前后摇摆，像一只大钟。"要是爸爸在这里就好了。"可是他再也说不出话来，吊在那里像是僵硬了。

当可怜的匹诺曹给吊得快死的时候，美丽的青发仙女又在窗口出现了。她住在这里已经1000多年了。她拍了三记手掌，一只大老鹰飞来，仙女命他把木偶解下来；又拍了两下手掌，来了一只卷毛狗，仙女命他用车子把木偶拉回来。仙女把木偶抱到床上，请了三位医生：乌鸦、猫头鹰、会说话的蟋蟀。乌鸦宣布道："木偶的确死了，可是万一他没有死，那就有可靠的迹象表明，他完全活着。"而猫头鹰的看法跟乌鸦正相反。但会说话的蟋蟀说："这个木偶是个无赖，一个恶汉，一个流氓。他是个不听话的坏孩子，他要把他可怜的爸爸气死！"这时候，屋子里有哭声，是匹诺曹发出的，大家都很惊奇。

三个医生离开了，仙女摸摸木偶的脑门，发现他在发高烧，就把一些白色药粉溶在一杯水里，给他喝。木偶说什么也不肯喝苦的东西，仙女像妈妈那样耐心，给他吃了三颗糖，可他嚷着："我宁愿死也不喝这种倒霉药水。"正在这时，房门开了，进来四只黑得像墨汁的兔子，抬着一口小棺材，说是抬木偶。木偶大惊失色，一口就把药水喝了。"呀呸！"兔子说，"我们又跑了一个空。"它们很不高兴地把棺材抬走了。

喝了药，木偶又活蹦乱跳了，跟仙女讲了他的遭遇。仙女问他，那四块金币放在哪里了，他说了三个谎，每说一个谎，他那本来已经够长的鼻子就长出一截，最后鼻子长得连身都不能转了。仙女笑起来，戳破他的谎话，因为说了谎话有两种变化，一种是腿变短，一种是鼻子变长。匹诺曹无地自容，想溜出房间，可他的鼻子长得连门都出不去了。

仙女让木偶哭上大半个钟头，为了好好给他一个教训，让他改正扯谎的毛病。可是她看到木偶哭得很可怜，就叫了上千只啄木鸟啄短了他的鼻子，让它恢复了原状。仙女认匹诺曹为弟弟，并派人通知了盖比都。木偶高兴地去接爸爸，可他到了那棵大橡树下时，看见了狐狸和猫。他发现猫的右爪没了，便问怎么回事。狐狸说："我们在路上碰到一只老狼，都快饿死了，猫就咬下一只爪子，给这可怜的野兽吃。"匹诺曹感动地说："如果所有的猫都像你，耗子可多幸运啊……"两个虚伪的家伙再次唆使匹诺曹去种金币。匹诺曹抵不住诱惑，跟着他们来到了一个叫捉愚城的地方。他们在一块田前站住，这块田跟别的田没有什么两样。木偶听从两个骗子的话把钱埋了进去，并浇了泉水。狐狸让他20分钟后回来，便会看见一棵金钱树。木偶高兴得忘乎所以，并表示要送给他们最好的礼物，他们说："我们只要能教会你不劳而获，发财致富，就像过节一样高兴了。"说完便走了。

木偶回到城里，焦急地等着，估计时间到了，便动身到奇怪的田去。咦？田里没有什么大树，这时，他听到了笑声，只见一只大鹦鹉正在树上梳理它那稀稀拉拉的羽毛。木偶没理它，又打来一鞋子水，浇在种过金币的地方，鹦鹉又冷笑了，木偶火透了，质问鹦鹉为什么笑。原来鹦鹉也是受害者，它告诉木偶，钱早被狐狸和猫取走了，并告诫他："要正直地挣到一点钱，必须懂得用自己的手劳动，或者用自己的头脑思索。"果然，金币不见了。匹诺曹立刻跑到城里的法庭控告那两个贼。猴子审判官听完匹诺曹的控诉，就命令穿着警察制服的狗把这个小傻瓜打进了监牢。四个月后，这个捉愚城的年轻皇帝打了个大胜仗，赦免罪犯，匹诺曹才得以自由。

匹诺曹被释放了，心里怎样的快活！他急于见到爸爸和青发小仙女，便匆匆赶路。突然他吓了一跳，一条大蛇横躺在路上。这条蛇绿皮火眼，尾巴很尖，像个烟囱在冒烟。木偶恐惧极了，想等蛇爬开，把路让出来。三个钟头过去了，可蛇还在那儿。最后匹诺曹鼓起勇气，讨好地说："对不起，蛇先生，请帮个忙，挪出点地方让我过去，好吗？"蛇一动不动。"它真的死了吗？"木偶高兴地搓了搓手，他一使劲，就要从它身上跳过去。蛇忽然跳了起来，木偶赶紧往后退，却跌倒了，跌得真不巧，头半插在烂泥里，两脚朝了天。蛇看到木偶头朝下，两脚飞快地踢来踢去，就扭啊扭啊地狂笑起来，竟笑断了一根血管，死了。于是匹诺曹爬起来向前奔跑。可他又饿了，就跳进一块葡萄地，想采一串葡萄吃。刚走到葡萄藤下，"咔哒"一声，他的两条腿被捕兽夹夹住了。

匹诺曹哭叫着，但是，没有用的，因为附近没有一间房子，也没有过路人。这时天黑了，这块地的主人提着一盏暗罩灯过来，想看看有没有偷小鸡的黄鼠狼被捉住。农夫发现捉住的是一个孩子时，吓了一跳。"哈哈，小偷！"农夫怒喊道："这么说，我的鸡都是你偷的？"不由分说，把木偶带回家惩罚他。刚巧农夫的狗今天死了，于是他就让匹诺曹做他的看家狗。他拿了一个狗项圈套在匹诺曹的脖子上，用一条长铁链拴在墙上，说："要是下雨，你可以在狗棚里休息；如果有小偷来，要竖起耳朵听着，汪汪地叫。"农夫走了，匹诺曹又冷，又饿，又怕，后悔自己听信了坏伙伴的话。想着想着，就走进狗棚里，躺下睡着了。

匹诺曹呼呼睡了两个多钟头，忽然被一阵古怪的声音惊醒了，原来是四只黄鼠狼。其中一只走到狗屋洞口，低声说："晚上好，伯罗塔。""我是匹诺曹，它今天早上死了。""死了？可怜的狗！它那么好！可看你的脸，我觉得你也是一只客气的狗。""我是一个木偶。""好吧，那么我也跟你订立和已故的伯罗塔一样的合同，你愿意吗？我们每星期来一次，带走八只鸡，送你一只。条件是，你必须假装睡着。明白了吗？""明白了。"匹诺曹答道。四只黄鼠狼觉得没危险了，就溜进鸡房，忽听门砰的一声关上了。这是匹诺曹干的，他又汪，汪，汪，汪叫了起来。农夫赶来捉住了偷鸡贼，为了表示满意，给匹诺曹脱掉了狗项圈。

匹诺曹除去了那个耻辱的项圈后，向着通往仙女家的路跑去。可是白房子没有了，只有一块墓碑竖在那里。他不识字，幸而会说话的蟋蟀在旁边，念给他听："青发仙女之墓，她给她小弟弟匹诺曹所丢弃，因而悲伤地死了。"木偶扑到石碑上号啕大哭，哭了一夜："噢，我的好仙女，你怎么死了？我失去了爸爸和你，多么孤单。我不如死了倒好些，对呀，我还是死！……"这时，飞来一只大鸽子，告诉他说盖比都要漂洋过海寻找他。匹诺曹骑在鸽子背上，飞向千里之外的海边。

第二天早上他们飞到了海边，可是盖比都已经出发了。匹诺曹挥着帽子，拼命打招呼，盖比都好像也认出了孩子，这时一个巨浪打翻了小船。木偶跳进大海，去救爸爸。他一心想赶快救出爸爸，于是游了整整一夜。天亮时，他给一个大浪冲到了岸边。一只海豚对他说，他爸爸一定被鲨鱼吞去了，鲨鱼有一所五层楼房这么大，一口可以吞下一列火车。木偶怕极，告别海豚，飞快地走着。

走了半个小时，他来到了忙蜂国。街上的人都在干活，没有一个懒汉和二流子。木偶饿得要命，想讨点吃的。但因为他不肯帮人一把，什么吃的也没讨着，最后走过一个和善的妇女，提着两罐水，她答应给匹诺曹面包、菜花吃，只要他帮着把一罐水抬上山去。匹诺曹这么做了。他吃饱了肚子，抬起头来向恩人致谢，他一看到她的脸，便惊叫起来，虽然这个妇人老些，可她的青色头发使他确信这就是小仙女。

匹诺曹跪倒在地，泪如泉涌，抱住这个妇人的膝盖。小仙女见被识破了，就只好承认了，并愿意做木偶的妈妈。匹诺曹说："噢！我老做木偶都做腻了！我要做一个人。""容易极了，只要你一直做个好孩子。"匹诺曹也知道自己还不是一个好孩子，因为仙女说，好孩子爱读书爱干活，不说谎。木偶嘀咕着："现在上学好像晚了点……"仙女启发他："不，孩子，你得记着，学习是永远不会晚的。懒惰是一种最坏的毛病，必须从小治好。要不，大了就再也治不好了！"这番话打动了木偶的心，他高兴地说："我愿意照你所说的去做，我要变成一个完完全全的孩子。"

第二天匹诺曹就上了公立学校。看见进来一个木偶，小学生们就跟他开玩笑。起初匹诺曹不理他们，后来实在忍不住了，板起脸说："小心点，孩子们，我上这儿来可不是给你们当小丑的。我尊重大家，希望大家也尊重我。"后来，同学们非常喜欢他了。老师见他读书用功，肯动脑筋，总是第一个进学校，放学最后一个走，也很称赞他。他唯一的缺点就是结交的朋友太多，其中有几个不爱念书的家伙，老师和仙女警告他当心坏朋友，他也不在意。一天，他在去学校的路上，碰到几个朋友，他们说海边有一条鲨鱼，大得像座山，于是，他就跟着他们跑向海边。可怜的孩子还不知有什么倒霉的事等着他呢。

跑到海边，却不见鲨鱼。那七个孩子就是想要他旷一天课，因为他老是专心读书，把他们显得不用功了。木偶受到捉弄很气愤，于是一对七展开了大战。那些孩子惧怕他坚硬的木头脚不敢靠前，就用课本当武器，纷纷朝匹诺曹扔了过来。突然，一本硬书砸中了他们自己的一个伙伴，孩子们都吓跑了。匹诺曹一面绝望地哭，一面叫着这位被打倒的同学的名字。警察赶来挟着木偶回村子里去。木偶差不多吓昏了，当想到快要经过善良的仙女的窗前时，他羞愧难当。恰巧，一阵狂风卷走了他的帽子，他借口追帽子，撒腿就向海边飞跑，他快得像一颗出膛的子弹。警察放出一条凶猛的大狗去追他，这条狗在赛狗中得过冠军。一场激烈的赛跑开始了。

阿拉亭——那只狗，差点儿要赶上匹诺曹了，幸而海就在面前，木偶扑通一声，跳进了水里。狗想停下，却由于惯性，也跌了进去。这只倒运的狗不会游泳，快要淹死了，好心的匹诺曹记起爸爸说过："做好事决不会给人忘记的"，就把狗救上岸来，然后游向别处。

木偶想游上岸，忽然觉得自己被托到空中。不幸得很，他发现自己竟在一个大鱼网里，夹在一大堆鱼中间。那渔夫难看极了，像个绿色的海怪，他拿起木偶惊呆了，不知是什么鱼。木偶哇哇大哭："我是木偶……让我回家去！"可是没有用的，渔夫打算尝尝这种木偶鱼。渔夫把一同捞上来的鳕鱼、比目鱼、鲈鱼放进油锅之后，就把木偶浑身涂了奶酪和面粉，抓住他的头就……

正在这时，一只大狗被炸鱼的香味引诱进了渔夫的洞窟。"出去！"渔夫喝道，可是狗饿得发慌，哪里肯走。"救救我，阿拉亭！你不救我，我就要给油炸了。"狗辨认出这是匹诺曹的声音，是从渔夫手里的一根白东西上发出来的，就跳过去用牙齿衔着，冲出山洞。匹诺曹谢过狗，他们就分手了。天黑时，匹诺曹回到了仙女家门前。他没有勇气敲门，可是他冻得发抖，只好敲门。最高一层窗子里伸出一个大蜗牛的头来，它花了九个钟头才打开门。仙女第三次饶了木偶，他也保证以后做一个好孩子。

匹诺曹居然在这一年内做得非常不错，考试时是第一名。仙女十分高兴，对他说："明天，你将不再做木偶，而要变成一个真的孩子了。"并准备为他开一个盛大宴会庆贺，可是……

匹诺曹忽然向仙女请求，要去邀请同学们。仙女要他天黑以前就得回家，他保证一定回来，就去了。几乎所有的朋友都请到了，就差一个好朋友蜡烛心了。蜡烛心是最会恶作剧的孩子，匹诺曹偏偏喜欢他，最后在一间农舍的暗角里找到了。蜡烛心说，他正要到玩具国去，那里是世界上最美丽的地方，因为那里没有学校，没有老师，没有书本，假期是从1月1日放到12

月最末一天，可以整天地玩。匹诺曹开始还记着对仙女做过的保证，想在天黑以前赶回家，可是到底抵不住诱惑，一点点忘了自己的诺言，耽搁了一个又一个钟头，直到黑夜来临，接蜡烛心的车子来了，他还在犹豫。

车子是由12对小驴子拉的，驴脚上穿着白色小羊皮靴子。赶车的是一个肥壮而滚圆的人，犹如牛油球。车子里挤满了8岁到12岁的孩子，装得像罐头里的沙丁鱼。车里没位置了，蜡烛心就坐在了赶车人旁边。匹诺曹在连连叹了几口气之后，就跳到了一个驴子的身上。这个驴子踢他，骂他："可怜的傻瓜！你要由着自己性子做的话，你会后悔的！"令匹诺曹惊讶的是，这驴还会哭，像个孩子！

他们来到的这个国家跟世界上任何国家不同，它全国都是小孩子，到处是喧闹声、嘈杂声。这一批新来的孩子从没看过一页书，从没学习一分钟，从早到晚地玩着。五个月过去了，一天早晨，匹诺曹醒来，发现一桩奇怪的事情，这使他非常的不快活。

什么奇怪的事呢？匹诺曹发现自己长了两只美丽的长长的驴耳！他悲伤地哭了。住楼上的一只睡鼠给他解释说："在两三个钟头以后，你就要变成一头驴子，跟那些拉车子的一个样儿。圣人早就在书上写着，懒孩子不喜欢学习，见了书本和老师就头痛，整天玩乐，早晚都要变成这种小驴子。"匹诺曹做了个高高的帽子盖住耳朵，去找蜡烛心，发现蜡烛心也戴着这样一顶高帽子。他们谁也不肯脱帽子，最后商量计数"一！二！三！"一说到"三"，同时脱帽。两人盯着对方的长耳朵，哈哈大笑起来。他们笑啊，笑啊，忽然间，两人都不能直立了，变成了两头驴子。他们想哭，却只能发出一种像"i——a，i——a"那样的驴子的叫声。正在这时，赶车人来了。

赶车人把骗来的这些孩子变成小驴后，牵到市场上去卖掉，他就是靠这种方法变成了百万富翁的。匹诺曹被卖到了马戏团，他吃干草，还要忍受主人的拳脚，花了三个月时间学会了表演。一次演出，他被化装得非常漂亮，观众都热切地来看著名驴子匹诺曹跳舞。他表演得很成功，赢得阵阵掌声和叫好声。他抬起头向上望望，突然，他看见一个包厢里有一位美丽的太太，她的颈上挂着一个刻着木偶像的项链。他马上认出她了，正是仙女妈妈。匹诺曹想喊，可是只能发出驴子的叫声，叫得又响又长，观众们哈哈大笑起来。他非常忧伤，不小心一下子扭伤了脚。由于他不能再演出了，主人又把他卖给了一个想用驴皮蒙鼓的人。买驴子的人不忍心杀他，便在他脖子上吊一块大石头，沉到海里，坐在悬崖上等着驴子淹死，好剥皮。

过了50分钟，买驴的人想着驴子应当淹死了，就往上拉绳子，你们猜，他拉出来的是什么？不是一头死驴而是一个活木偶，扭来扭去的像条鳗鱼。买驴的人目瞪口呆，片刻，才说："我丢下水去的小驴子哪里去了？""这头驴子就是我！"木偶笑着说。原来是和善的仙女看到木偶危险，就派了一大队的鱼来吃他，直剩下木头，于是木偶复原了。可怜的买驴人眼睁睁地看着木偶游开去。

匹诺曹正拼命地游，看见大海当中一块礁石上，站着一只青色的山羊，这使他想起了小仙女的青发。他加倍用力游过去。游到半路时，他被一只海怪吸进嘴里，同时被吞进来的还有一条金枪鱼。这个海怪正是大鲨鱼。匹诺曹昏迷了一刻钟，等他醒来，发现周围漆黑一片，他鼓励金枪鱼要逃出去，然后朝着远处的微弱亮光走去。等他走到跟前，看到什么啦？他看到了一张小桌子，上面有支点燃的蜡烛，桌旁坐着一个小老头，头发胡子白得像雪，小老头正在吃活鱼。啊，正是他亲爱的爸爸盖比都。两人紧紧地拥抱在一起，诉说着各自的遭遇。原来，盖比都两年前被鲨鱼吞进来，同时一艘沉到海底的商船也被吞进来。商船上装的是腌肉、饼干、酒、蜡烛、火柴等物品，盖比都正是靠这些东西才活到现在的。桌上点着的是最后一支蜡烛。匹诺曹决定背着爸爸逃出去。

这条鲨鱼太老了，加上害气喘病和心脏病，睡觉只好张开嘴巴，匹诺曹从喉咙口往上看，能够看到天空和月光。他们刚到喉头，忽然间鲨鱼打了个喷嚏，蜡烛灭了，两人又被震回鲨鱼的胃里。父子两人只好摸黑，再一次爬上鳖鱼的喉头，木偶驮上盖比都逃进水里游走了。

当匹诺曹用力游着快要到岸的时候，自己却用完了力气。父子俩快要沉下去的时候，逃出来的金枪鱼背着他们上了岸。这时天亮了，他们看见两个丑八怪，坐在路边乞讨，正是那只狐狸和猫。现在猫真的瞎了，狐狸的尾巴也没了，木偶不再上他们的当了。木偶扶着爸爸来到一座小屋，主人是会说话的蟋蟀，蟋蟀说这间小屋是一只美丽的、生着青色毛的山羊送给他的。匹诺曹知道山羊就是小仙女。他对蟋蟀很有礼貌，而且每天去帮助一位农夫干活，好换一杯牛奶给爸爸，他还编织草席，晚上读书，父亲十分高兴。

五个月后的一天，他要去买一套新衣服，路上，瞧见一只美丽的蜗牛。匹诺曹记起这只蜗牛正是住在仙女家的那只。蜗牛说："可怜的仙女躺在医院里了……她遭那么多打击，生了重病，而且穷得连一口面包也买不起。"匹诺曹急忙把要买衣服的4角钱让蜗牛送给仙女。那天晚上，他梦见好仙女吻他，对他说："好匹诺曹！因为你有了好心，我饶恕你过去的一切错误。凡是在他们的父母困苦的时候亲切服侍他们的孩子们，一定会有好结果的。"匹诺曹醒来，发现自己已经不是一个木偶，却变成了一个孩子，房间装饰得很漂亮，一套新衣服放在那里，爸爸也和最初雕刻他的时候一样年轻健康了，匹诺曹抱住爸爸的脖子问是怎么回事。爸爸说："这种突然变化，全都亏了你。因为孩子从坏变好，就可以使每一件东西都变得更好，使全家得到幸福。"

那个旧的木偶匹诺曹靠在椅子上，歪着头，手臂向下挂着，两脚交叉，谁看了都觉得奇怪，过去它怎么会站起来的。

（郑岩　缩写）

永不长大的孩子

〔英国〕 巴利 原著

　　小女孩儿文蒂6岁，小男孩约翰和迈克一个5岁，一个4岁，他们是达林先生和达林夫人的孩子。他们家住在伦敦肯辛顿公园附近的一座白色小屋里。

　　达林夫人是一位非常美丽可爱的母亲，她非常喜欢自己的三个孩子，常常希望孩子们再不要长大了，总像现在这么大该多好。孩子们的保姆是一条叫娜娜的狗，它是最聪明、最称职的保姆。达林夫人和娜娜一起照顾孩子们，把三个孩子照顾得很好。

　　不过，这几天达林夫人觉得孩子们都睡得不太踏实，他们常常说梦话，喊着一个什么"彼得·潘"的名字。特别是今天夜里，好像有人进过孩子们的卧室，达林夫人还在孩子房间的地板上捡到几片以前从未见过的树叶。达林夫人感到很奇怪，也有点担心。

　　第二天，达林夫人问女儿文蒂这是怎么回事，文蒂笑着说："那一定是彼得·潘干的！"可是，彼得·潘是谁？他是怎么进屋来的？文蒂都没有说。

　　达林夫人更担心了，她总觉得要发生什么不寻常的事似的。就在这天晚上，当孩子们都睡着以后，达林夫人坐在椅子里也睡着了，她梦见有一个小男孩飞进屋子，自称是彼得·潘。达林夫人吃惊地睁开了眼睛，果然看到一个小男孩从窗口飞进来，落在地板上。小男孩长得很可爱，身上穿着树叶做成的衣服。达林夫人被这位不速之客吓得"啊！"地惊叫起，那个小男孩见屋里有个成年人，也怔了一下，咧咧嘴，露出一口小白牙。

狗保姆娜娜听到达林夫人的惊叫声，撞开门冲了进来，"呼"地一声向小男孩扑过去。那男孩转身轻轻一跳，就跳到窗外去了，可是他的影子却被娜娜一口咬住，扯了下来。

达林夫人见那男孩从窗口跳出楼去，又尖叫一声，吓得闭上了眼睛。她想，那男孩一定会摔死的。过了一会儿，达林夫人才睁开眼睛，赶忙走到窗前，俯下身往外看。可是地上什么也没有，那男孩早已无影无踪。达林夫人收起那男孩的影子，对谁也没说起这件事，甚至对达林先生也只字未提，因为达林先生从来就不相信这类稀奇古怪的事，他肯定会说这是达林夫人在做怪梦，或者说是娜娜在搞鬼。

过了两天，达林先生和达林夫人出门去参加一个晚会，家里只剩下文蒂、约翰和迈克。当然，还有狗保姆娜娜。能干又聪明的娜娜照顾孩子们洗完澡，等他们都睡下了，便到楼下去了。

炉火熄灭了，蜡烛也灭了，屋里一片漆黑。文蒂和两个弟弟很快就睡着了。不一会，一团像硬币般大小的光团从窗口掉到楼板上，四处忙碌地奔跑着。突然，窗子打开了，冷风把窗帘卷了起来，曾经来过的那个小男孩站在窗台上，左顾右盼，小声叫着："小铃铛，你在哪里？"

文蒂被惊醒了，她一骨碌坐起身，兴奋地问："你是什么人？住在什么地方？"

小男孩鞠了一躬，说："我叫彼得·潘，住在第二条马路右转弯一直向前走到天亮。你叫什么名字？"

文蒂回答说："我叫文蒂。"

彼得·潘说："文蒂，这名字真好听。"

紧接着，彼得又四处张望，好像在寻找着什么，不停地叫："小铃铛，小铃铛！"

彼得告诉文蒂说，小铃铛是个会飞的小神仙，是和彼得一起来，帮彼得来找影子的。彼得还说，当孩子出生后第一次大笑时，那笑声就变成一千块碎片，到处乱蹦乱跳，每一块碎片都会成为一个小神仙。小铃铛就是这样的小神仙。这时，衣柜的抽屉里发出一阵叮叮当当的声音，一团光亮从抽屉里飞出来，小铃铛端端正正地站在光团中心。

文蒂赞叹地说："多美呀！"

彼得·潘终于在大抽屉里找到了自己的影子，可是掉下来的影子怎么也不能连到身体上去，都把彼得急哭了。文蒂像个大人似的，对彼得说："别着急，孩子，我来给你缝上。"

文蒂说完，就下床找出针线，几下就缝上了，彼得高兴极了，说："呵！你真能干！"

文蒂听到表扬，心里非常舒服。彼得为了表示感谢，赠给文蒂一颗橡子，文蒂一时没有找到什么好东西，就顺手把顶针还赠给彼得，文蒂还告诉彼得，这东西叫"吻"。

两人像老朋友那样聊起天，彼得说："我不知道我几岁了，但我想永远做个孩子，永远别长大。原来，我住在公园里，现在和一些没有父母的孩子住在离这里很远的永无岛上。我到这里来，是为了听你妈妈讲故事的。"

文蒂一听，才知道原来是这样，便说："是吗？我妈妈讲的故事我都会讲。"

彼得一听，高兴极了，他拉住文蒂的手说："走！到永无岛上去！给我和我的朋友们讲故事去。我们那可好了，有海、有美人鱼，我可以带你去遨游太空，跟星星和月亮玩。你去给我们当妈妈吧，讲故事、做饭、缝衣服，我们谁也没有妈妈，你一定会得到大家的尊敬，我和小朋友们一定做你的好孩子。"

彼得边说边在房间里上上下下地飞。文蒂听了彼得的话，欣喜极了，她说："那太有趣了！我去。"

彼得忙说："那我们马上走。"

文蒂又说："我要带着两个弟弟一起去。"于是她把约翰和迈克摇醒，告诉他们彼得来了。两个弟弟高兴地欢呼起来："噢！太棒了，梦中的彼得·潘终于来了！"

可是文蒂又发愁了，说："我真想去，可是不行啊！我们都不会像你那样飞。"

彼得说："这好办，我来教你们。"

彼得先教文蒂他们飞的姿势和口诀，又朝他们每个人吹了一口气，在三个孩子的肩头抹了一些粉末，说那是神灰。彼得说："现在试试吧！保证会飞的。"

迈克第一个飞了起来，接着约翰和文蒂也飞了起来。他们在房间里飞了几圈，乱喊乱叫，约翰叫道："喂，咱们飞出去吧！"

彼得拉住文蒂飞出了窗口，约翰抓起一顶大礼帽，和迈克跟在后面。

狗保姆娜娜发现孩子们的房间里不对头，急忙跑到邻居家，把正在参加晚会的达林夫妇找回来。当他们跑回家时，已经晚了，三个穿着睡衣的孩子跟着一个小男孩儿已经从窗子飞走了。

飞呀，飞呀，他们一连飞了好久好久，他们互相大声呼叫着，嬉闹着，乐得像发疯一样。彼得还教会姐弟三人如何在飞行时躲避流云，怎样从老鹰的爪子里抢夺东西吃，如何仰躺身体边飞边睡觉，有时他们还会贴近海面飞，去摸一摸鲨鱼的尾巴。

就这样飞了几天几夜，在一个傍晚，他们终于看见永无岛了。永无岛上有一片森林，还有一条容易冻冰的神秘河。河口有个小湾叫孩儿湾，孩儿湾从前是海盗们的老窝。岛的南边有个岩石和泥沙围成的环礁湖。湖中间有一块很高的岩石叫海盗石。这天，岛上非常热闹，海盗、男孩儿、印第安人、狼群，在偷偷地互相追逐着。

当他们正要向永无岛降落时，彼得突然说："注意！有人想用大炮打我们！"

约翰忙问："谁？"

彼得镇静地说："是胡克手下的人。前些天，我砍下了胡克的一只手。胡克是世界上最凶恶的海盗，总是跟我们小孩作对，他准是又来报复了。这回我一定要杀了他！"

就在这时，就听见"轰"地一声，一颗炮弹在他们身边爆炸了，他们被炮弹爆炸的气浪给震散了。彼得不知被掀到哪去了，约翰和迈克在空中被震得连翻了几个跟头、文蒂不知所措地向岛上急剧下降。

彼得说得不错，果然是胡克那伙强盗上了永无岛。岛上的孩子们由于头儿彼得不在，他们就躲在一个非常隐蔽的地下洞穴里。这个大洞穴在森林的下面，外人都不知道。彼得第一次去岛上时，就在一棵空心树上做了一个门，开凿了阶梯通到地下洞穴。后来，他又为新去岛上的孩子找到类似的空心树，每个孩子都有了自己的"树门"。现在有七个门、七条通向洞穴的地道了。地下洞穴里非常舒服，彼得做了一个壁炉、一张大桌子，还有七只凳子和一张大床。这时孩子们正焦急不安地等待着彼得的归来。面貌丑恶吓人的胡克上了岛以后就挥动着一只用铁做的右手，指挥他的手下人四处寻找孩子们。可是哪儿也找不到，胡克坐在一个大蘑菇上想："他们都跑到哪去了呢？"

忽然，胡克觉得屁股很烫，低头仔细一看，原来这是个伪装成蘑菇的烟囱，把蘑菇拿下来，就有青烟冒出来，而且还能听见里面有孩子们的说话声。

胡克又认真检查了旁边的七棵大树，他发现每棵树上都有一个洞，胡克想出一个坏主意，他先不抓孩子们，而是做一个有毒的大蛋糕，放在孩子们常去玩的地方，孩子们一看见蛋糕，保准会抢着吃，到时候……胡克得意地笑了，一挥铁手，带着喽啰们走了。

孩子们等海盗们走了以后，才从洞里爬出来。先是大胆的图图斯、接着是黄头发的尼布斯、歪鼻子斯莱特利、卷毛儿，最后是一对双胞胎。

当他们从树洞爬出来时，尼布斯看见天上有一只白色的大鸟向他们这儿飞来，便大声喊叫起来，孩子们听了都仰头张望。图图斯也大声叫道："我看见了，它全身都是白的。"

这时天空传来一阵铃儿的叮当声，小铃铛飘降下来，叫道："图图斯，快射下这个文蒂，这是彼得的命令。"小铃铛妒忌文蒂，因为彼得喜欢文蒂。

图图斯是个胆子很大、头脑很简单的男孩儿，他连忙拿起小弓箭，说了声："看我把它射下来！"话刚一说完，便"嗖"地一声，朝天空中飞过来的大白鸟射去。那只大鸟摇摇晃晃地栽到地上，男孩们围上去一看，都惊叫起来。

"咦，这不是鸟。"

"好像是个小姐姐。"

卷毛儿严肃地说："不，这肯定是彼得说过要来照顾我们的那个小妈妈。"

两个双胞胎一听这话，"哇"地一声哭了起来。图图斯十分后悔地说："我常常梦见一个美丽的妈妈，她真的来了，可我却把她射死了。"说完，便痛哭起来。

这时彼得也飞回来了，他对男孩子们说："孩子们，我给你们带回来一个妈妈。她是一个会讲故事的妈妈。"

孩子们的脸色很难看，图图斯又哭起来。彼得惊讶地发现，文蒂正躺在地上，胸口上插着一支箭。彼得要惩罚小铃铛和图图斯，他要把小铃铛永远赶走，要用箭刺穿图图斯的胸膛。可是彼得的手臂被拉住了，原来文蒂这时醒了过来，文蒂要彼得原谅小铃铛和图图斯。

文蒂并没有受很重的伤，图图斯的箭正好射在文蒂胸前的纽扣上。文蒂主要是太累了，又被炮弹震了一下。孩子们见妈妈又活过来，高兴极了。约翰和迈克也飞过来。彼得说，要让文蒂再躺着休息一会儿，大家一齐动手，用最快的速度给妈妈盖一间大房子。

孩子们动手砍木头的、搬树枝的，从洞穴钻进钻出搬枕头、毛毯的，还生起了火炉。一座漂亮的房子终于建起来了，绿色的顶、红色的墙，周围种满了玫瑰花。约翰的大礼帽被彼得拿过来，用手捅穿帽顶，竖在漂亮的屋顶上当烟囱。

孩子们都在门外列成一横排。彼得上前敲敲门，小声说："妈妈，您醒了吗？我们来看您了！"门"吱"地一声开了，文蒂笑着走了出来。孩子们一片欢腾，喊着："哦！妈妈来了，妈妈开门了！"

文蒂不知这是怎么回事，后来她才明白，"这是在玩过家家呀！"她就用妈妈的那种亲切口气说："好孩子们，在湿漉漉的草地上跑跑跳跳，脚会泡湿，会感冒的，快进屋上床，我来给你们讲一个灰姑娘的故事。"孩子们拥进屋，整齐地躺在刚做好的大床上，听妈妈讲故事。等故事讲完了，男孩子们回到地下的家里睡觉，文蒂在自己的小木屋里，彼得在小屋外站岗。这时海盗们还在海边上唱歌呢！

一天，大家到海边去玩，男孩们都游泳去了，彼得和文蒂爬到海盗石上看美人鱼。美人鱼很喜欢文蒂，还送给文蒂一把梳子。尼布斯发现岸上一块大蛋糕，就喊起来。彼得很嘴馋，领着大家要切开吃。文蒂喝住他们，说："不能乱吃捡来的东西！"文蒂把她带来的午饭分给了大家。其实那块大蛋糕就是坏蛋胡克他们搞的，那是有毒的蛋糕。

孩子们吃过午饭，都躺在石头上休息一会儿。突然，彼得跳起身，用鼻子闻了闻，又用耳朵听了听，同时凝视着海面，他低声喊道："海盗来了，快跳水！"大家一声不吭地跳进水里，潜游到安全的地方。文蒂没跳，因为她不会游泳。彼得只好留下来保护文蒂，两人躲在一块礁石后边。

果然来了两个海盗，他们划着船，押着被捆住双手的印第安女孩虎莲公主。虎莲是永无岛上印第安人头领的独生女儿，海盗们要把她推到海里淹死。

两个海盗斯密和斯塔基带着虎莲公主上岸后，把虎莲往海盗石上拉。他们吼叫道："这儿就是你的坟场！"

彼得躲在礁石后面，想出一个救虎莲的好办法。他模仿海盗头儿胡克的声音说："嗷嗬！你们这两个笨蛋，赶快把她放了！"

两个强盗听到头儿下了命令，不敢怠慢，赶紧割断了公主手上的绳子。虎莲公主毫不迟疑地跳水游走了，她甚至没来得及像印第安人习惯的那样吼几声。

这时真的海盗头儿胡克来了。他脸色阴沉沉的，坐在礁石上叹息，说："唉，我们的计划失败了。那些男孩找来一个妈妈，肯定是她不让他们吃毒蛋糕的。"

一个海盗说："这个妈妈真好！"

胡克听了非常生气，骂道："混蛋！"

另一个海盗忙说："头儿，别生气。咱们可以把文蒂抢来，做咱们的妈妈呀！"

胡克想了想，高兴地说："好！这个主意好！让文蒂做咱们的妈妈！"胡克突然又想起一件事，问道："那个虎莲公主呢？"

两个小海盗忙回答说："已经按你的命令把她放走了。"

胡克气得脸色惨白，吼道："什么？我的命令？我什么时候下过这样的命令？"

彼得躲在一旁高兴极了，又用胡克的声音说："没错，是我下的命令。"

胡克一听觉得不对劲，问道："你是谁？"

"我是海盗头儿胡克，连我的声音都听不出来？小心我用铁手扭断你的脖子。"

胡克被弄糊涂了，问道："你是胡克，那我是谁？"

"你是乌龟！"

胡克被气得嗷嗷大叫，两个小海盗也懵了，不知到底谁是真胡克了。彼得看着海盗们的狼狈相，得意极了，突然站出身来，笑着说："哈哈，我是彼得·潘。"

胡克见是彼得·潘在捉弄他，就暴跳如雷地领着两个小海盗冲过来。彼得也发出号令九个小男孩勇敢地爬上海岸，与三个凶恶的海盗展开了激烈的对攻。机智、勇敢的孩子们终于战胜了海盗，把海盗们打跑了。彼得的胳膊也被胡克的铁钩手抓破了一点皮。

就在孩子们回到家里，欢庆胜利的时候，岛上的印第安人首领带着全部落的人来了，他们是来感谢彼得救了虎莲公主的。他们都管彼得叫伟大的爸爸，还和孩子们一样称文蒂为慈祥的妈妈。就这样，印第安人和彼得他们结成了联盟，要共同对付海盗。

印第安人走了以后，孩子们在地下的洞穴里又唱又跳，玩得开心极了。上了床，孩子们还不肯安静下来，相互抛枕头、扔靴子。文蒂忽然想妈妈和爸爸了，便开始给孩子们讲故事。"从前，有一对夫妻，男的叫达林先生，女的叫达林夫人。他们有三个孩子：女儿文蒂、儿子约翰和迈克。他们非常喜欢孩子，可是有一天，三个孩子突然全飞跑了。达林夫人伤心极了，每天晚上她都铺好床，打开窗子，等孩子们飞回来……"

约翰和迈克突然打断文蒂的话，同声说："咱们赶快回家吧，文蒂，我们想妈妈了！"文蒂也很想家，她请彼得为他们做好准备。

彼得和其他孩子们对文蒂都依依不舍。文蒂也舍不得离开男孩子们，就建议彼得他们一起飞到她家去。男孩子们都非常高兴。可彼得却说："不！回去后妈妈会说我该上学了，该做这做那了，我要留在这儿，永远玩下去，永远不长大！"

彼得确实不想走，因为他的妈妈不像文蒂的妈妈那么好。他小时候飞出去玩了一年，再飞回家时，妈妈把窗户关得紧紧的，正搂着另一个小孩子儿在睡觉呢！彼得从此以后再也不想回家了。彼得装着不在意的样子，带着得意的神情，催促文蒂姐弟三人和其余的男孩儿上路。文蒂却突然痛哭起来，哭了很久才平静下来。她像个真的妈妈那样，叮嘱彼得照顾好自己，要记住吃药。

小神仙铃铛忽然冲进洞穴，叮叮当当乱响。这是在告诉彼得，海盗在袭击印第安人了。

原来，印第安人准备在次日黎明时攻打海盗。可是狡猾的海盗头儿胡克提前攻打了印第安人。结果印第安人被打得措手不及，晕头转向，很多有本事的印第安人都被海盗消灭了，只有部落首领和虎莲公主逃了出来。

海盗们在战胜了印第安人之后，打算乘胜攻打彼得的洞穴，打败孩子们。他们轻手轻脚地去找那些空心树上的门，从一棵树走到另一棵树。胡克把耳朵贴近一棵大树，听下面的动静。忽然他听到下面有人说话。一个人问道："谁胜利了，彼得？"另一个声音答道："等一等，如果印第安人胜利了，他们会敲鼓庆贺的。"后一个声音是彼得在回答。

海盗头儿胡克听下面这样说，忽然计上心来，他让小海盗斯密像印第安人那样，敲起胜利的战鼓。果然，洞穴里传出图图斯的欢呼声："噢——鼓声，好哇！印第安人胜利了！"

彼得也说："孩子们，这下儿安全了，你们可以走了。"

男孩子们吵吵嚷嚷地跑出洞口，他们没想到，海盗们正在洞门外等着他们呢。海盗们抓住一个孩子，就用大手掌捂住他的嘴，马上又用铁链将他的两只手捆绑起来。文蒂走在最后，但她不知道洞口外发生的事情，她一走出洞口，也被抓住了。

海盗头儿胡克太高兴了，他命令几个海盗去把文蒂的小木房抬来，把孩子们都装进小屋里，关严门，由四个海盗扛着小木屋走了。

就在这时，彼得还在洞穴里，躺在床上翻来覆去打滚呢！孩子们走了，他真想大哭一场，又怕别人笑话；他又想笑，好表示自己什么也不在乎，可是他怎么也笑不出来。

彼得折腾来折腾去，心里又觉得有点不对劲，就好像出了什么事。但他没太在意，以为是自己心情不好的原因。最后他忽地一下坐起身，摸摸心口，侧耳听听，觉得实在是太不对劲了，他知道，一定是出什么事了。他想："我必须出去看看！"他一边想，一边拿起从胡克手里抢来的长刀，向洞外奔去。

海盗们扛着小房子，押着俘虏，向河口附近的孩儿湾走去，海盗船就藏在那儿。海盗船是一艘又大又轻快的船，船的桅杆顶上，悬挂着一面黑底、白色图案的海盗骷髅旗。上船之后，孩子们被关进船舱。海盗们有的凑在一起掷骰子取乐，有的伸手伸脚地瘫在甲板上休息。海盗头儿胡克高兴地在船甲板上走来走去，嘴里还叼着一根雪茄。胡克突然得意地叫道："把俘虏拉上来，让他们走悬板。"走悬板就是把一个人的眼睛用布条罩住，让他顺着一条板子走到船外，掉到海里淹死。

小海盗们一听到头儿说"让他们走悬板"，就都高兴地跳起来。"走悬板"是海盗们常用的残酷的杀人方法，他们就喜欢干这种坏事。一个叫"红鼻子"杰克的海盗说："今天干得太漂亮了，把这帮小家伙全抓到了。只可惜没抓到小鬼头彼得。"

一个叫"黑胡子"乔亚的海盗接着说："那小子一定是看见咱们头儿亲自出马，吓得偷偷溜走了。"

胡克听到这些话更加得意，一口气喝干了一瓶"骷髅牌"威士忌酒。

彼得这时已追到岸边，他听到了海盗们的话，看见了胡克得意洋洋。彼得气坏了，但他没贸然行动，而是沉住气，要等待一个好的机会下手。

胡克船长站在甲板上，对几个男孩子说："谁愿意当我的勤务员？给我当勤务员可以免去一死。愿意不愿意?"

几个海盗推搡着孩子们,说:"快说,快说!"

孩子们谁也不说话。胡克命令手下把最小的迈克拉出来,对迈克说,要是他不愿意加入海盗的队伍,马上就把他扔到海里淹死。约翰为了保护弟弟,就站出来说:"船长阁下,您知道我妈妈是不会同意我们当海盗的。您妈妈同意您当海盗吗?"

海盗头儿被问得哑口无言,他过一会儿才气急败坏地吼道:"去,把他们的妈妈拉出来!"

文蒂被拉了出来。胡克说:"美丽的姑娘,你可以做我们的妈妈,但你必须让这些小家伙也参加我们的队伍。"

文蒂轻蔑地瞥了胡克一眼,昂着头说:"我才不当你们这帮海盗的妈妈呢!"她又转过头对孩子们说:"孩子们,所有做妈妈的都希望自己的儿子无论是活是死,都要像一个英雄,我希望你们能高贵地死去。"

孩子们都高声叫道:"妈妈放心,我们一定要当英雄!"

这下儿可把胡克气坏了,他大声吼叫着:"把她捆起来,让她看看自己的孩子是怎样被大海吞没的!"

几个小海盗连忙把文蒂绑在桅杆上,准备往海里扔孩子。正好在这时,海面上传来一阵阵让人毛骨悚然的怪叫声。海盗们吓得浑身发抖,口里直叫:"哎呀!海怪!哎呀!海怪!"海盗头儿胡克最怕海怪,只见他吓得脸色惨白,不停地说:"快把我藏起来,快把我藏起来!"一边说一边趴在甲板上,把脑袋往一个大木桶里钻。胡克知道,自己在海上杀的人太多了,总有一天海怪会来找他,把他吃掉的。

这时,彼得轻轻跳上甲板,文蒂和孩子们都看见了。但海盗们谁也没看见。彼得向孩子们点点头,向船舱走去。恰好这时舵手从船舱里出来,彼得一拳把他打倒,又把他踢进海里。海盗们没听见什么动静,就说:"头儿,那家伙走了。"胡克狼狈地从桶里爬出来,侧耳听了一会儿,果然没有动静了，便大声向孩子们叫道："开始走悬板！"他见孩子们都不动，还笑嘻嘻地嘲笑他，大怒道："红鼻子，快把我的鞭子拿来，我要教训这些小家伙！"

红鼻子一进船舱，就传出一声惊叫，再也没出来。黑胡子往里望了一眼，惊慌地说："不好！他死了！"

胡克说："别胡说，你进去看看！"

黑胡子不肯进去，胡克一脚就把他踢了进去。船舱里又是一声惨叫。胡克挺奇怪，探头向里看了一眼，马上缩了回来，他看见红鼻子和黑胡子真的死了，他以为这一定是海怪把这两个人杀了。

海盗们吓得惊恐万状，退到离舱门很远的地方。孩子们却忍不住欢呼起来。狡猾的胡克说："打开门，把他们推进去，让这些小家伙去和海怪拼命。"

孩子们被推进船舱。彼得找到钥匙，打开了他们手上的铁链。他们每个人都拿起一根棍棒，在彼得的带领下，一齐冲出去，一边割断捆绑文蒂的绳子，一边与海盗们展开了一场生死搏斗。约翰和迈克还小，没有参加战斗，他们俩站在一边，用手电筒照海盗们的眼睛，使海盗什么也看不见。海盗们有的被杀死，有的被砍伤，有的蒙住眼睛乱跑，掉到海里去了。

彼得让孩子们闪开，他要亲手对付胡克。两个人在船头上，你来我往，杀得难解难分。机智灵活的彼得一剑捅进胡克的肚子，胡克捂住伤口，但血还是流了出来。他一看见自己的血，再也坚持不住了。

胡克有气无力地用嘶哑的声音问："你到底是什么人？"

彼得一字一句地说："我，是永不长大的快乐的孩子！"

胡克还有点不甘心，不相信地又问一句："孩子？"

胡克还想挣扎，被彼得飞起一脚踢进海里。这个凶恶的海盗头子终于被鳄鱼吞掉了。

孩子们最后战胜了邪恶。他们一起飞到伦敦文蒂的家，达林先生和达林夫人等回了自己的三个孩子，还多收留了六个孩子。只有彼得·潘不肯留下，他要回永无岛去，但他每年都会来和大家聚一聚。这是他们说定的。不过当文蒂和大家长大以后，彼得再来的时候，就只能和文蒂的小女儿玛丽在一块玩了。

（赵大军　缩写）

兽医多立德的冒险故事

〔美国〕罗夫汀　原著

很久很久以前，在英国有个地方叫沼泽村，村里住着一位和蔼可亲的老头。他是一位医术非常高明的医生，名叫约翰·多立德。虽说他的房子不大，却有一个非常大的漂亮花园。

多立德医生是给人看病的，但他非常喜欢动物。有许多动物和他住在一起，花园水池里有金鱼，厨房里有兔子，壁橱里有松鼠，还有两头牛，一匹老跛马和三只羊，还有许多小鸡、鸽子等等。但医生最喜爱的动物是鸭子呷呷、大狗杰泼、小猪咕咕、鹦鹉波丽和猫头鹰吐吐。

尽管多立德的医术很高明，但来看病的人却越来越少了，因为有钱人讨厌动物。虽然生活很艰难，但医生很愉快。他常说：

"我对动物比对'有钱的人'更喜欢呢！"

一天，多立德和鹦鹉波丽在聊天。波丽说：

"既然人们不懂得你是世界上最好的医生，那你就给我们动物看病，当一个兽医吧！"

"那可不行，兽医太多了。"多立德说。

"可他们没有一个是合格的。你知道我们动物也能讲话吗？"波丽说。

"什么？动物也会讲话？"医生惊异地问。

"当然，我就既会说人类的语言，也会讲鸟类的语言。如'粥热好了吗？'这句话，在鸟语中就是'咖——咖哑——依咖——啡？'"

"天哪！太神奇了！"医生兴奋极了，他赶紧拿出笔和纸，开始向鹦鹉学习各种动物的语言。他知道，动物不一定非用嘴说话，常常用耳朵、脚和尾巴说话。他终于决心做一名兽医了。

消息传开后，附近的动物纷纷跑来看病。一天，一匹马来看病。马说：

"医生，你知道吗？以前给我看病的那个兽医什么也不懂。他以为我的腿坏了，不是给我吃大丸药，就是贴膏药。其实是我的眼睛快要瞎了，希望您给我配副眼镜。"

多立德说："这好办。"他很快就做了一副漂亮的绿眼镜，给马戴上，马果然能看清东西了。

就这样，多立德通过鸟言兽语与各种有病的动物谈话，了解病情，对症下药，治好了它们的病。不久，全英国，乃至全世界的动物都知道在沼泽村有一位多立德医生，懂得它们的语言。来找他看病的动物越来越多，每天，他家门口都排列着各种动物，等着他来治病。

许多来看病的动物，病得很厉害，只好留在医生家中治疗。但它们病好之后，却舍不得离开多立德，它们再三恳求留下来，医生也不忍拒绝它们，因此，他家的动物越来越多了。其中有一只可爱机灵的猴子叽叽和一条鳄鱼。这条鳄鱼治好牙痛病后留了下来，使得那些阔太太们不敢登医生家的门，她们怕鳄鱼咬了自己的叭儿狗。医生的生活更加穷困了。

尽管如此，医生一点儿也不发愁。他常常对动物们说："金钱是一种坏东西。要是没有它，生活会更快乐一些。要金钱做什么？只要咱们都快乐就行了。"

但是动物们却非常懂事。它们知道，若不是为了它们，医生不至于这么贫困。于是它们自动组织起来，管理家务。

猴子叽叽负责做饭、缝补；大狗杰泼把拖布绑在尾巴上扫地；鸭子呷呷用翅膀掸灰尘、叠被子；精明的猫头鹰吐吐管账；小猪咕咕整理花园；别的动物还在大门外摆起了摊子，卖红萝卜和玫瑰花。它们推选年纪最大的鹦鹉波丽担任管家。

可是，它们的生活仍不宽裕。

这一年的冬天来得特别早，雪也特别大。虽然老跛马从树林中背回了许多木柴，使大家不挨冻，可是，园子里的蔬菜快吃光了，弄不好要挨饿的。

一个寒冷的夜晚，动物们围坐在火炉旁，听医生朗读他写的《鸟言兽语》。突然，猴子叽叽领着一只燕子跑了进来，高叫着："医生！医生！"多立德忙问："出什么事了？"当他看见瑟瑟发抖的燕子时，心疼地说："快来烤烤火。你不是飞到南方去了吗？怎么又回来了？"

燕子暖和了一会儿说："叽叽在非洲的一个表兄托我捎来一个坏消息。它们那里正流传着一种可怕的疫病，猴子们成百上千地死去。它们久闻您的大名，请求您尽快去解救它们。"

医生一听，立即决定，到非洲去！

第二天一早，医生顺利地从一位水手处借来一艘船。因为医生曾治好了这位水手的小孩的麻疹。

医生挑选了鳄鱼、猴子、鹦鹉——因为它们的老家都在非洲，还带上了狗儿杰泼、鸭子呷呷、小猪咕咕和猫头鹰吐吐。它们七个感到十分幸运，其余的动物也想去，可它们还是服从了医生的命令留下了。

下午4点，动物们来到岸边，为医生他们送行。它们不停地挥手告别，并齐声高喊：

"早点回来！"

伟大的航程开始了！燕子在空中为他们导航。

六个星期过去了，他们已接近赤道，离非洲越来越近了。天气也越来越热了。波丽、叽叽和鳄鱼，趴在船头，尽情地享受着炎热的阳光，它们焦急地向前张望着，盼望早点见到故乡！可咕咕、杰泼和吐吐却躲在阴影处乘凉。鸭子呷呷得意洋洋地在海里游来游去，还不时捉些鱼儿送到船上，作为大家的口粮。

一会儿有许多飞鱼飞来，告诉他们离非洲只有55英里了，还说猴子们正在盼望着多立德医生的到来。

一会儿又有许多海豚游来，送来许多海岛野生的美味瓜果，请他们品尝。

眼看就要抵达非洲海岸了，这时，大风暴来了。一刹那，狂风暴雨，电闪雷鸣。"轰"地一声巨响，船停了，而且歪向一边。

"看来我们正好撞上非洲了。"医生说。

他们互相帮助，离开了破船，游上岸来。

不一会儿，风不刮了，雨不下了，云消了，太阳也出来了。他们发现果然到了非洲，欣喜若狂。尤其是波丽、叽叽和鳄鱼，见到久别的故土，激动得热泪盈眶。

正当他们欢呼航行成功的时候，一队黑人士兵悄悄地把他们包围了。

医生他们被押到了森林中一座巨大的泥屋前，这里就是乔列金琪帝国的皇宫。在一柄大伞底下，端坐着皇帝和皇后。

"你这个白人到我的国土要干什么？"

皇帝凶狠地问道。

"我是一位兽医，应猴子们的请求，到非洲来驱除瘟疫的。"医生回答道，"请您允许……"

医生还未说完，皇帝就蛮横地打断了他，"你们别想通过我的国土。以前，有一个白人来到我的国家，我热情地款待他，可他却偷走了我的金子，还杀死许多大象，盗走了象牙，就偷偷地溜了，连一声'谢谢'都没说，因此，我绝不会相信你们白人了。"

说完，皇帝就命令士兵将医生和他的动物关押在监牢里。

天黑了，机灵的鹦鹉波丽悄悄飞出牢房的窗户，飞进了皇帝的寝室。皇后跳舞去了，只有皇帝一人在床上酣睡。波丽躲在床底下，大声地咳嗽着。

皇帝被惊醒了，忙问："谁？"

"我是多立德医生。"波丽模仿医生的语调回答。

"你，你怎敢跑出监牢！你在哪儿？我怎么看不见你？"

"笨皇帝！"波丽回答道，"告诉你，我是世界上最奇妙的医生。我会隐身术，你当然看不见我。我什么都会。我警告你，立即将牢门打开，放走我的动物。否则，我就让你和你的臣民生着跟猴子一样的疫病。我能使人健康，也能使人害病，只要竖一竖我的小手指就行了。"

"医生，"皇帝害怕了，"依你的话好了，请不要竖起你的小手指，快放他们走！"

波丽见医生和伙伴们都逃出了监牢，也悄悄地飞走了，可是不巧被跳舞归来的皇后发现了。乔列金琪皇帝知道自己上当后，十分恼怒，命令大批士兵前去追捕医生。

大家在叽叽的引导下，拼命向大山那边的猴子国逃去。士兵们紧追不舍。

当医生他们跑到两国交界时，惊呆了。只见两座大山间横着一条深深的鸿沟。士兵们越追越近，情况万分紧急！

就在这时，叽叽的表兄带领许多未生病的猴子赶来了。它们像闪电一样迅速，你牵着我的手，我拉着你的脚，用躯体架成了一座桥。

医生他们跑过了这座桥。当医生最后一个走过来时，那些黑人士兵才冲了上来，只晚了几步。

"太惊险了，这'猴子桥'太奇妙了！"

医生感叹道。

到了猴子国，医生忙坏了。他发现成百上千的猴子都害着病——猩猩、大猩猩、黑猩猩、拂拂、灰猴、红猴——几乎都传染上了疫病。

医生首先将病猴隔离，接着，又盖起两间茅屋，一间小的当诊室，大的一间作病房。然后，他又连续三天三夜为所有健康的猴子打防疫针。

但是，害病的猴子太多了，而能当护士的健康的猴子又太少了。医生只好请狮子、豹来帮忙。

"什么？让我这百兽之王来侍候这些肮脏的小猴子，我不干！"骄傲的狮王凶狠狠地冲医生吼道。

医生镇静地说："你应该帮助它们。说不定哪天，你们狮子也会害病。如果你不帮助别人，别人也不会帮助你！"

"我们狮子才不会得病呢。"说完，狮子得意地跑入丛林。豹子也同样拒绝了医生的请求。

狮王回到自己的家中，发现它的狮后正抱着一头小狮子在哭泣。原来它们的孩子病了，已经一天不吃东西了。

当狮后得知丈夫粗暴地拒绝了医生的请求时，恼怒地大骂：

"你这个白痴！全世界的动物都非常敬仰这位神奇而仁慈的医生，他是唯一能说鸟言兽语的人！现在，正当我们的孩子有病时，你竟敢去冒犯他！"

狮后又喊道："你马上去向他道歉。并命令所有狮子和豹子都去帮助医生。这样，多立德医生或许会来给我们的孩子看病。"

狮王果然率领林中百兽跑来帮助医生。

医生非常高兴，答应晚上就去给小狮子看病。

几天之后，猴子的病都好了。可多立德医生却累坏了，他吩咐叽叽做好回沼泽村的准备后，一头扎在床上睡着了。

猴子们听说医生要走，十分惊讶。它们以为医生会永远和它们在一起呢。

这天晚上，所有猴子都聚集在医生的门外，讨论该如何感谢多立德医生。

一只最老、最大的狒狒说："我们应该赠送医生一件珍贵的礼物，以表达我们对他的感激之情。"

"对！同意！"猴子们齐声喊道。

但送什么礼物呢？大家的意见就不一致了。

"给医生50袋可可。"

"应该送100簇香蕉……"

最后，叽叽说："如果你们要让他快乐，就送他一只珍奇的动物吧，因为他太喜欢动物了。同时，也可以通过向人们展览这只动物，使医生的生活好转。"

猴子们一听，果真是个好主意。它们决定送给医生一只世界上最珍奇的动物——两头马。

这是一种非常奇特的马，它没有尾巴，但两边各有一个头，每个头上长着一支很尖锐的角。它十分机警，很难捕捉到。

猴子们全体出动，终于在森林深处找到了两头马。猴子们手拉手团团围坐在它的周围。两头马十分害怕，不知道猴子们为什么抓它。

猴子们十分耐心地对它劝说，请它跟多立德医生到欧洲去，供人们观览，使医生的生活富裕起来。起初，两头马不同意。但经过猴子们三天三夜的劝说、恳求，终于答应先看看医生本人之后，才做决定。

两头马一见到医生，就立即同意随他一道漂洋过海到白人国去。因为它看出，医生是一个非常仁慈、忠厚的好人，而且医生也特别喜爱它，并答应它一旦想家时，就送它回来。

猴子们为医生举行盛大的欢送会，狮王一家和丛林中其他野兽也都前来参加。

医生对动物们说：

"朋友们，我很舍不得离开你们，但我在家乡还有许多事情要做，必须回去。请你们记住，以后千万不要让苍蝇叮到你们的食物；下雨的时候，不要睡在地上……希望你们以后互相帮助，快快乐乐地生活！"

所有的动物都为医生鼓掌，都说：

"您是人类中最伟大的人！"

告别了猴子们，医生和他的宠物们踏上了归程。

在途经乔列金琪帝国时，他们迷了路，误入皇帝的花园，再次被士兵捕获。只有鹦鹉波丽乘机飞走，躲在树上。

"哈哈！"皇帝一见他们，就大叫起来，"你们又被我捉住了！这次你们可逃不掉了。把他们关起来，门上再加两把大锁。罚这个白人做一辈子苦役，给我的厨房擦地板。"

躲在树上的波丽十分着急。突然，它发现皇太子正躺在花园的一张椅子上，愁眉苦脸的样子。原来，这位太子曾从童话书中得知，有一位美丽的"睡美人"，便跑到世界各地去旅行，终于找到了她。可她却嫌他脸太黑，不肯嫁给他。于是，这位太子一直为此感到悲哀。

正当太子喃喃自语："谁能使我的脸变白，我一定……"时，波丽马上想到了一个营救医生的好主意。于是，它躲在树上，模仿仙女的声音说："太子，有一个人能使你的脸变白了。"

太子真的以为是仙女在讲话，他虔诚地跪倒在地，问道："是谁？"

波丽继续说："他就是多立德医生。不过，你必须放他出来，并在海边给他准备一艘船。"

"一定！一定！谢谢！谢谢！"

太子一边叩头，一边答应。

波丽马上飞到监牢的窗前，告诉医生：

"你一定设法使他的脸变白，这是你们逃出去的唯一机会。"

当太子来到监牢时，医生让鸭子呷呷拿来一个盆，将锌膏等各种药品倒进去，用水调和，让太子把脸浸进去。一会儿，太子把脸抬起来。啊，他的脸果然变白了！

太子高兴极了，心想这下可以娶到"睡美人"了。他实践了自己的诺言：放走了医生他们，并在海边准备了一艘大船。

医生心里清楚得很，太子的白脸不会持续得太久，也许明天一洗脸，又变黑了。医生觉得对不起太子，心想：一回到沼泽村，我就寄给他好多好多糖果……他是一个富于幻想的好心人。

医生和两头马、小猪咕咕、鸭子呷呷、大狗杰泼、猫头鹰吐吐一同上了船。而猴子叽叽、鹦鹉波丽和鳄鱼却留在了故乡。

船起航了。叽叽、波丽和鳄鱼痛哭流涕，依依不舍地挥手告别："再见了，朋友！再见了，医生！"它们认为医生是它们所遇到的最好、最伟大的人！

这时，从天边飞来无数的燕子。因为天气暖和了，它们将飞向北方。它们一直等候着医生，好再次为他导航。

一天，船儿正在航行。突然从后面飞快地驶来一艘挂红帆的海盗船。

大狗杰泼把所有的帆都挂上了，但还是没有海盗船快。海盗船越来越近，连海盗的胡子都看得一清二楚。

怎么办？医生让鸭子呷呷飞上天，请燕子们帮忙。

燕子成群结队地飞来，用脚抓住船上的绳子，奋力向前拉着。一刹那，医生的船像长出两支蓝色的翅膀，飞速行驶着，把海盗船远远地甩在后边。动物们高兴得在船上又笑又跳。

几个小时以后，医生的船停在一个叫金丝鸟的小岛边。因为燕子需要休息，医生也要补充一下船上的淡水。

金丝鸟听说多立德医生来了，非常高兴，唱着歌，领他到清泉边打水。

两头马在草地上欢快地吃着青草，小猪咕咕也钻进甘蔗林饱餐起来。

突然，船舱里的老鼠跑上岸来，有一只跑到医生面前说："医生，我姑姑去年得过病，是您治好了它。它让我告诉您，您的船马上就要沉了，请您快想办法。我们不走了，就留在这个小岛上了。"

这时，两只燕子飞来，高喊："医生，快看！海盗船进港了，他们都上你的船抢东西去了。你们赶快乘他们的船逃跑吧！快！快！"

"妙极了！"说着，医生就领着动物们悄悄爬上海盗船，刚要起航，小猪咕咕大叫起来。刚才它太贪吃了，肚子疼极了。

听到猪叫，海盗们才发现医生他们，急忙把船儿横了过来，拦住医生的去路，并大声喊叫："快投降吧！你们跑不了啦！"还说要捉住小猪、鸭子烤着吃。

小猪吓得直哭，鸭子也准备飞走。但两头马却很勇敢，它在船边上将角磨得尖尖的；大狗杰泼也摩拳擦爪，准备迎敌。猫头鹰吐吐非常镇静，他说：

"别慌！海盗的船就要沉了！"

果然，吐吐的话音未落，就听见海盗们慌作一团，乱喊乱叫："天哪！不好了，船漏了！"

不一会儿，那只船就沉了下去。海盗们纷纷落水，在海水中扑腾着，挣扎着。他们有的想游上岸去，有的想爬到医生这条船上来。但杰泼凶狠地吼着，所以海盗们不敢爬上来。

这时，一群鲨鱼迅速地游了过来，追捕着海盗。海盗们吓得直喊：

"鲨鱼！鲨鱼！救命！救命！"

有一条大鲨鱼游到船边，探出头来间道：

"您是著名的多立德医生吗？"

"是的。"医生回答。

"那太好了。非常愿意为您效劳，让我们吃掉这些坏蛋吧。"

医生一听，便说：

"非常感谢你们的帮助，但最好不要伤害他们。请你把那个海盗头给我赶过来，好吗?"

"没问题!"

大鲨鱼说完，便去追赶那个海盗头儿。

很快，大鲨鱼十分凶狠地将海盗头儿赶到船边。海盗头儿吓得直喊:

"先生! 救命!"

医生训斥道:

"你这个坏蛋，真应该叫我的朋友把你们统统吃掉!"

"饶命啊!"海盗头儿一个劲儿地求饶。

"想活命好办，你必须答应我的条件。"

"什么条件都行!"

"你们必须停止抢劫，做自食其力的好人，在这个岛上种粮食，喂养金丝鸟。"

海盗头儿一听，不情愿地说:

"当农民，那可不行。我是水手哇!"

"什么水手!"医生又训道:"你只是一个杀害水手、抢掠航船的海盗。若不答应，就叫鲨鱼把你们全吃掉。"

这时，大鲨鱼又低头嗅海盗的腿。

"好! 好!"海盗头儿吓得忙点头，"那我们就去当庄稼汉吧。"

医生告别了鲨鱼和金丝鸟，就和他的宠物们启程回家。他们乘坐的是海盗们的那艘红帆快船。这条船不仅行驶的快，也特别漂亮。而且船舱里还堆放着大量的鱼干、咸肉、香肠和美酒，还有海盗们抢来的世界各地的名贵特产: 东方的茶、美洲的烟草、印度的绣花围巾、土耳其的镶金玉碗等等。

咕咕、呷呷、杰泼都高兴极了。

听觉灵敏的猫头鹰吐吐听到在一个紧锁的小船舱里，有一个人在哭泣。它马上报告了医生。

门锁得很牢，又找不到钥匙，医生只好用斧子把门劈开。这是一间藏酒的船舱，里面装满了酒桶、酒壶。医生点亮灯，发现了一个可怜的孩子。

看到医生和这么多动物，孩子显得很害怕，但他很快看出动物们并无恶意，医生更是个好人。于是，他向医生讲述了自己的遭遇。

"前天，我和舅舅在海上打鱼，被海盗们抓住。舅舅急忙把一个金戒指用手帕包好，让我藏起来。海盗将我们的小船沉掉，把我关在这里。他们强迫舅舅当海盗，舅舅说他是渔民，绝不当海盗。他们就打他骂他。后来，我什么也听不到了。他们一定把舅舅抛到海里去了。好心人，救救他吧！他长着红头发……"

大家都很同情这个可怜的孩子，答应帮他找舅舅。可上哪儿去找呢？

在呷呷的提醒下，医生请"海底的侦探"——海豚帮忙；又请"天上的千里眼"——老鹰一起帮忙查找。它们都乐意为医生效劳。

海豚靠灵敏的听觉能知道海里发生的一切。它们告诉医生：

"海底是有一艘沉船，但里面没有人。乌鱼和贝壳也告诉我们，没有发现死人。因此，孩子的舅舅肯定没死。"

听到这个消息，医生他们高兴极了，盼望老鹰能在陆上和水上找到孩子的舅舅。

老鹰的视力特别敏锐，能从几千米高空，看清地上的蚂蚁。但是，它们搜寻了半个世界之后，回来说：

"没有发现孩子的舅舅，实在对不起。"

大家非常着急，到底孩子的舅舅在哪儿呢？孩子难过得哭了起来。

大狗杰泼想了想说：

"小朋友，别难过，让我来试试。把你舅舅那块手帕让我闻闻。"

小孩半信半疑地把手帕递给杰泼。

"嗯，你舅舅是不是吸鼻烟？"

杰泼兴奋地问。

"对，他每天都吸好多鼻烟！"孩子连忙回答。

于是，杰泼一动不动地趴在船头，凭它的嗅觉在风中搜寻鼻烟的味道。

"东风里没有，一股洋葱味……"

"南风也不对，有羊粪味……"

北风转过来了，杰泼赶紧闻：

"也不是，全是西班牙的狐猩味。"

等呀，等呀，西风刮过来了，杰泼认真地闻了起来。大家紧张地环立在大狗的周围。

"啊！有了，鼻烟味，快！快往西开。他就在西边的一个岛上！多浓的鼻烟啊！"

医生赶紧调转船头，向西航行。走啊，走啊，走了好远好远，终于发现了一座小岛。可岛上光秃秃的，什么也没有。

小猪咕咕讥讽道：

"喂，杰泼，小孩的舅舅在哪儿，我看见的可全是石头呀。"

大狗不理小猪，领着医生上了岛，终于在一个非常非常隐蔽的深洞里找到了一个人，长着一头红红的头发，正是小孩的舅舅！他已经睡熟了，身旁放着一个大大的鼻烟盒。

医生把孩子和他的舅舅送回了他们的渔村，整个渔村沸腾了。孩子的妈妈感激医生为他们除掉了祸害——海盗。渔姑们给医生他们送来了鲜花、糖果。村长代表大家赠给医生一块特别珍贵漂亮的真金刚钻的怀表。

大狗杰泼十分骄傲地站在海滩上，它脖子上挂着一个村长亲自给它戴上的项圈。金灿灿、亮闪闪的，是十足纯金的，上面还刻着一行大字："杰泼——世界上最聪明的狗。"

村里许多狗儿都默默地趴在杰泼的周围，既羡慕又尊敬地望着它。

3月的风来了又去；4月的雨也过了；5月的花蕾都已开放；6月的太阳照在丰饶的田地上时，约翰·多立德医生终于回到了英国。

多立德医生没有立刻回到沼泽村去，而是将宝贝两头马放在一辆非常漂亮的大车里，在全国各地旅行，让人们参观。车上挂着一个牌子，上面写着：

"请看世界上最珍奇的两头马！门票6分！"

医生笑眯眯地坐在车前的椅子上，向前来参观的人收钱，但对孩子，他一分钱不要，反而给他们糖果吃。

许多动物园和马戏园的主人，都想买走这匹珍贵的两头马，他们愿出好多好多钱。

但是，医生总是摇摇头说：

"不行！它不能关在你们的笼子里！它和我们人一样，永远是自由的！"

终于回到了沼泽村，回到家了！

老跛马高声嘶叫着，欢迎多立德医生和朋友们的归来。

其他没有去非洲的动物都围着医生，又是唱，又是跳！

借船给医生的水手也来看望医生。医生送给他很多钱，足够买两艘新船，以感谢他的帮助，并说：

"金钱，是个讨厌的东西。不过它的好处是有了它，就不必忧愁了。"

鸭子呷呷忙着打扫房间里的灰尘，边干边哼着快乐的曲子。

大狗杰泼得意地向伙伴们炫耀那金项圈。

小猪咕咕抱着一个三尺高的萝卜，大口大口地啃着。

猫头鹰吐吐又站在房顶上，瞪眼张望着。

两头马为有这样一个温暖快乐的新家而感到无比幸福。

当雪花打在窗上，冬天又来临时，医生和他的宠物们一点也不忧愁，因为他们有足够的钱，日子过得十分富裕。

这天，吃过晚饭，大家围坐在火炉旁，一边吃着美味佳肴，一边听医生朗读他的新作《兽医多立德的非洲历险记》。

在遥远的非洲，月亮又大又亮，叽叽和许多猴子翻来覆去不能入睡。

"多立德医生现在在干什么呢?"

"他还会来吗?"

鹦鹉波丽在树上说:"我真想念他呀! 希望他再来!"

鳄鱼从河中泥塘里钻出来，嘟囔着向它们说:

"他当然会再来……快睡觉吧，宝贝!"

（李静　缩写）

洋葱头历险记

〔意大利〕罗大里　原著

老洋葱有八个儿子，洋葱头是老大，他们一家住在贫民区的一间破木板房里，老老实实地过着穷日子。

我们的故事就从柠檬王视察贫民区那天开始。柠檬王是个心血来潮的人，他一高兴准要折腾出点儿事。这不，一大队柠檬兵已走在街上了，帽子上叮当叮当响个不停的铃铛招来整条街的人跑来看热闹，他们还以为来了走江湖的乐队。

老洋葱也在人群中，而且不知怎的被挤到了第一排，可身后的人还在不停地推呀顶呀，最后老洋葱实在支撑不住了，一下踩到柠檬王脚上，这可倒霉透了，10个柠檬兵立刻打四面八方扑来，逮住了老洋葱，可怜的老洋葱就这样流着眼泪被关进监牢里去了，他被判无期徒刑。

洋葱头难过得要命，可他是个倔强的孩子，决定按爸爸的嘱咐去外面闯一闯，好变得更聪明，也许有一天会救出老爸爸的。

于是悲伤的洋葱头告别了妈妈和兄弟们，背上小包裹独自远行了，他的历险从此开始。

洋葱头走啊走，最后来到一座小村庄。路边盖着一间像小狗窝大小的小房子，一个红胡子老头正坐在小窗口愁眉苦脸地想心事。哎呀，那房子真是太小了，在里边既不能站着，也不能躺着，就只能一动不动地坐着。洋葱头多奇怪呀：那老大爷是怎么钻进去的呢？

原来这位红胡子老头是南瓜老大爷，当他还年轻时就梦想有一间自己的房子，所以他省吃俭用多干活，每年都攒钱买几块砖。很多年过去了，南瓜老大爷终于攒了118块砖。不能再等下去了，因为他真的很老了，于是动手盖起了房子。虽然这些砖只够盖一间很小很小的房子，可它毕竟是自己的房子，所以南瓜老大爷每天坐在里面守护着它。

洋葱头正听着南瓜老大爷讲小房子的故事，大路上突然扬起一团尘土。所有人立刻逃进自己的家闩上门，像躲避暴风雨一样。因为这来的可不是别人，正是又红又胖的番茄骑士，大地主樱桃女伯爵姐妹俩的大管家，谁都怕惹这凶横的傲慢家伙。

四条黄瓜马拉的马车一下子停在了南瓜老大爷的小房子前，最担心的事终于发生了——番茄骑士带着青豆律师以樱桃女伯爵的名义来收拾这大胆的老南瓜，因为他竟不管年老守寡的两位可怜女伯爵的神圣权利，在伯爵的地皮上盖起了宫殿。这真是胆大包天，他要马上没收这座房子。

所有的邻居都心惊胆战地躲在房子里听着愤怒了的番茄骑士的叫喊，谁也不敢说什么。这么欺负人，洋葱头可不能允许，他从口袋里掏出一面小镜子说："这里面装着一个顶坏的坏蛋，老爷，您要愿意看，就好好看看吧。"

番茄骑士经不住诱惑，就用一只眼瞧了瞧小镜子。自然，他看见了自己凶恶的小眼睛和通红的脸蛋子，这样被捉弄，对番茄来说还是第一次，他的脸顿时气紫了，一把抓住洋葱头的头发，这可了不得了，洋葱的辣味一下子钻进番茄骑士的鼻子和眼睛，眼泪马上像喷泉一样喷出来，番茄骑士吓坏了，他可一辈子也没哭过。他跳上马车，大骂着在卷起的一团尘土中消失了。

番茄骑士是决不会放过南瓜老大爷的小房子的。这一天，他又坐着黄瓜马车来了，还带来一条大看家狗马斯蒂诺，他赶出南瓜老大爷，把马斯蒂诺拴在小房子前，然后走掉了。

这是个大热天，马斯蒂诺在房前来回走了一阵后，就热得吐出舌头，渴望喝一些冰啤酒。于是他在东张西望看看哪儿有什么孩子，好差他到小铺子里去买杯啤酒。可一个孩子也没有，只有葡萄师傅的鞋铺前坐着洋葱头，这些天他一直待在鞋铺里学做鞋的手艺。马斯蒂诺本不想叫他，因为他的洋葱味太浓了。可最后，这条可怜的狗渴得要晕倒了，他不得不开口求洋葱头帮他买点什么喝喝。

其实，洋葱头早看出马斯蒂诺渴坏了，可他要捉弄一下这只倒霉的看家狗，他灌了一瓶水，水里撒上点白药粉，那是葡萄师傅的老伴晚上失眠时吃的，然后当着马斯蒂诺的面，装作自己在喝："哎呀，清凉极了！"

马斯蒂诺歪头看着，口水都流下来了。他求洋葱头也给他喝一小口，洋葱头马上答应了，马斯蒂诺一下就把水喝个精光，然后便倒下来睡着了。洋葱头给他解开锁链，把他背到女伯爵的花园里。

一直坐在石头上伤心得拼命扯自己胡子的南瓜老大爷马上又住进自己的小房子。他乱蓬蓬的红胡子伸出小窗口，那张脸啊，真是高兴得难以形容。

虽然洋葱头捉弄了马斯蒂诺，可番茄骑士是一定不会撒手不管的，邻居都来帮南瓜老大爷出主意，最后他们决定用小菜豆家的小推车把房子推到树林里藏起来。树林里住着位好心的覆盆子，求他帮忙看守，南瓜老大爷不得不再一次伤心地告别了他的小房子。

覆盆子大哥把家当搬进了新房子——半把剪子、一张发锈的刀片和一根穿了线的针。覆盆子觉得这房子真是太大了，大得让他心里发慌，因为从前他是一直住在栗子壳里的，万一强盗来了怎么办？覆盆子想啊想，最后决定在门上挂个铃铛，下面贴张字条写道：强盗先生光临时务请按铃，我马上开门请你们进屋亲眼看看，这儿实在没有东西可偷。然后覆盆子就安心睡着了。

半夜里一阵铃响，把他吵醒了，"谁呀？""强盗！"一个很凶的声音回答。覆盆子赶快把门打开，强盗进屋一看，真的没什么可抢。覆盆子心里过意不去，就主动要求帮强盗刮刮胡子。强盗同意了，他们让覆盆子大哥用发锈的剃刀好歹刮过脸，千谢万谢地走了。小房子安然无恙。

两位樱桃女伯爵住在城堡里，最近她们的两位亲戚——大女伯爵先夫的堂弟橘子男爵和小女伯爵先夫的堂弟蜜柑公爵也来到城堡做客。橘子男爵是个大胖子，他从早到晚一刻不停地吃喝，走路时不得不把肚子搁到老菜豆的小斗车上推着走，否则一步也走不动了。蜜柑公爵长得精小，却极贪心，他为自己弄来了城堡中几乎所有最好的东西。他总是向小女伯爵要这要那，如果不给，就要爬到大柜顶上叫喊着要寻死。这两位亲戚每天让两位女伯爵头痛得要命，他们给城堡带来危机，又不敢轻易得罪他们。两位女伯爵的气只好发在她们唯一的侄子——孤儿小樱桃身上。

小樱桃是个老实孩子，可他整天都在挨骂，无论他怎么听话，还是不称两位姑姑的心。她们还给小樱桃请来芹菜先生协助管教。于是城堡的每个角落都立着诸多名目的训示牌，如在金鱼池旁边写着："禁止小樱桃把手伸到水里！"在花园大门口挂着："禁止小樱桃外出！"……无论小樱桃做什么，都有姑姑或芹菜先生或训示牌的眼睛盯着。可怜的孩子，他没有一个朋友，除了小侍女草莓。这样的日子多么寂寞呀！

当番茄骑士发现南瓜老大爷的小房子不见了时，立即下令逮捕了南瓜老大爷和他的邻居们。南瓜老大爷、葡萄师傅、梨教授、南瓜大嫂等等都被关进了地牢里，他们却没有抓到机灵的洋葱头，这可气坏了番茄骑士。

洋葱头一心想救出他的朋友们。这一天，他和小红萝卜偷偷溜进了樱桃女伯爵城堡的大花园里，你猜，他们遇见了谁？小樱桃。他正孤零零一个人在插满训示牌的花园小路上散步呢，他也看见了洋葱头和小红萝卜。三个孩子一下就交谈起来。可他们却隔得挺远，因为训示牌上写着"小樱桃不准踩草坪"，可是和乡下孩子交谈已违反了训示，既然如此，干脆忘掉那些训示牌吧。

小樱桃大步踏过草坪，走到洋葱头身边。他们很快成了好朋友，又说又笑，快活极了，小樱桃从来也没像现在这样快活过。

他们的高声大笑使番茄骑士觉得很奇怪，于是他来到花园想看看发生了什么。

天哪！他看到了什么！番茄骑士的脸立刻涨紫了，他朝洋葱头扑过来。洋葱头机灵地躲开了，他和小红萝卜飞快地朝山下跑去。

但不管怎样，他们结识了小樱桃。这一点对三个孩子来说太重要了，小樱桃更珍视这份友谊，他愿为此付出一切。

南瓜老大爷他们在黑暗的地牢里受着柠檬兵的折磨，同时也受着耗子大军的威胁。要不是他们想出各种各样办法吓退那些耗子，他们恐怕早成了耗子大军的口粮。

地牢外面，洋葱头也越来越着急。这天夜里他和小红萝卜又来到花园里，找小樱桃想营救办法，不想，却被马斯蒂诺撞见了，他一下就扑倒了洋葱头，压住他的胸口，汪汪大叫，直到番茄骑士来把洋葱头逮住为止。

洋葱头被关进城堡中最黑的地牢。

半夜里，洋葱头正在睡觉，被一种低沉单调的笃笃声弄醒了。"谁在敲墙啊？"突然，墙上的土落下来，紧跟着有个身子折进来。

"见鬼，我到了哪儿啦？"传来低沉的说话声。

"到了我的牢房里。"洋葱头回答说。

"我看您真可怜。这儿亮得要命，您白天黑夜都得待在这亮得要命的地方，这准是真正的刑罚！"

"这么说，您一定是田鼠先生了！不过我倒觉得这地方太黑了……"

"您别开玩笑了！我极可怜您，我认为，就算让一个人坐牢吧，也该关到一个真正黑暗的地方去，让眼睛好好休息休息。"田鼠叹息着。

和田鼠争论黑暗问题是一点意思也没有的，对这个问题他总是固执地保持自己的独特见解。

原来田鼠先生在地下为自己开一条新长廊，不想却开进了洋葱头的牢房里。要想得到老田鼠的帮助，看来洋葱头只得承认这儿确实太亮了，亮得让人苦恼。他请求田鼠先生把他带走。这话让老田鼠非常感动，于是他们马上向前开路了。

该怎样让老田鼠把长廊开到他朋友们的牢房里呢？洋葱头就不停地向他建议朝左或朝右挖。田鼠想也不想就一头扎进土里挖起来，因为往左或往右对他来说是一样的。

田鼠起劲地挖呀挖，一边还不停地称赞着黑暗。他们离南瓜老大爷他们的牢房越来越近了，甚至听到了说话声，田鼠犹豫起来。洋葱头只得把他救朋友的事前前后后说了一遍，求他再朝前挖一点点。田鼠想了想，答应了，洋葱头高兴得真想亲亲老田鼠。可是老实说，连他自己都不知道嘴在哪儿，这儿确实黑极了。

几秒钟工夫地牢的墙就被钻通了，可老田鼠立刻逃回他的长廊里。因为牢房真是太亮了，竟然还点着亮得可怕的蜡烛。

朋友们意外相见，高兴得要命。他们把洋葱头抱了又抱，亲了又亲。可不一会大家又愁起来：下一步他们该怎么逃出去呢？

番茄骑士有个古怪的习惯，就是从来不脱袜子睡觉，其中的奥秘只有他的侍女小草莓知道：所有牢房的钥匙就藏在他的袜子里。

小草莓把洋葱头入狱的消息告诉了小樱桃，小樱桃听了马上要去救他。为了朋友，小樱桃一下子变成了勇敢的孩子。于是两个人偷偷商量好搭救措施。

晚上，小草莓给番茄骑士端来一大块巧克力蛋糕，里面放好了双倍安眠药粉。番茄骑士一见蛋糕，马上把它吃个精光。最近，由于橘子男爵的好胃口已使城堡中食物产生危机了。

药粉立刻奏效，番茄骑士已鼾声如雷了。小草莓和小樱桃偷偷打袜子夹层中取出钥匙，迅速逃开，沿着长廊向地牢跑去。

半路遇到一队柠檬兵，小草莓灵机一动，大喊"抓强盗"，然后就趁柠檬兵乱纷纷找强盗之机，飞快地朝地牢跑去。

当小樱桃打开葡萄师傅他们的牢门，竟然看见了他的朋友洋葱头，这到底是怎么回事呀？但先别管这些，趁柠檬兵还没有明白发生了什么，赶快逃跑吧！

朋友们统统逃进林子里，小樱桃也跑回去把钥匙放回番茄骑士的右脚袜子里。

第二天早晨，当番茄骑士接到越狱报告，你想他该有多么生气，红彤彤的大脸又紫了，他真要气疯了，马上给柠檬王发了电报请求援兵。

柠檬王率领大队的柠檬兵来了，帽子上的铃铛声响彻大街小巷。大军所到之处，留下一片狼藉，就连樱桃女伯爵的花园也未能幸免。

第一件事便是审问：老南瓜的"宫殿"及洋葱头他们到底藏在哪儿。

小葱大叔被捉来了。他长了两撇非常长而漂亮的胡子，他妻子常用它当晒衣绳晒衣服。

柠檬王是个心血来潮的人，一看见他的漂亮胡子就立刻给他颁发了美髯勋章。可是经番茄骑士的屡次提醒又想起他是个罪犯，于是，不幸的小葱大叔被上了酷刑，但他是什么也不会告诉柠檬王的。

青豆律师虽然一向为番茄骑士卖力效劳，但也未能幸免于审讯。关于老南瓜小房子的下落他只知道一丁点儿，那还是偶尔路过听来的。他本来想说出这秘密，但当看到他的主子在他危难时毫不迟疑地抛弃了他的卑鄙嘴脸，他决定不再替他们卖力了。

于是青豆律师被送上了绞刑台。这位小小个子、胖胖身子的青豆律师登上了绞刑台，这时他心里一阵害怕，这次他真的要死了。

绞索勒紧了脖子，忽然他感到自己一下子掉进黑暗中，并听见有声音在说:"快割绳子,洋葱头先生!这儿太亮了,亮得我什么也看不见。"

这到底怎么回事?地狱里也有洋葱头吗?

原来,是洋葱头和他的朋友田鼠先生在绞刑台下挖了洞,救了青豆律师的命。他们两个好不容易才让青豆律师知道他并没有死。于是老田鼠开道,三个人向树林中南瓜老大爷他们藏身的山洞钻去。

南瓜老大爷的小房子最后还是被狡猾的番茄骑士找到抢走了。为了捉住洋葱头和所有逃犯,他们请来了鼎鼎有名的大侦探密斯脱胡萝卜和他的警犬"一把抓"。一把抓可是密斯脱胡萝卜的好帮手,除了帮主人驮望远镜、指南针、显微镜、网兜、盐袋等侦察仪器外,还时时用"着、着"的叫喊声表示对主人讲话的赞同。

侦破工作由城堡花园开始。大侦探把他的山地望远镜对着矮树丛仔细看起来,一把抓匍匐着紧跟其后。忽然,树丛晃动起来。密斯脱胡萝卜立即断定矮树丛里一准躲着逃犯,于是和他的助手准备好捉蝶的网兜顺着小道追踪下去。

矮树丛越晃越厉害,还听见喊喊嚓嚓的脚步声,胡萝卜和一把抓紧追不舍。忽然,一把抓腾空而起,一个绳套把这条吓昏了的狗结结实实地吊到了大树梢。

密斯脱胡萝卜忽然发现他的助手不见了。"一把抓!一把抓!"他愤怒地叫起来。

"我在这儿呐,主人!"从树上传来一把抓的声音。

"你在那儿干什么?你这贱狗,难道到树上去抓松鼠吗?你快下来!要不,你马上就被解雇了!"气疯了的胡萝卜先生喊得正起劲儿,突然他也像弹簧一样飞上了树,天哪!这到底是怎么啦!这群狡猾的逃犯!

可是,从树丛后钻出来的是一群小孩子,是这些聪明的小家伙把侦探从洋葱头他们藏身的山洞引开的。你知道总策划是谁?我们的小樱桃。这孩子读过许多惊险小说,现在他正躲在大树后偷偷乐呢。

密斯脱胡萝卜和一把抓在树上吊了很久很久，最后被一个砍柴人放下来。他们一落地就赶紧继续投入侦察，很快消失在林中小道上。

不一会儿，砍柴人看见一大队柠檬兵从大路上走来，他们是奉命来寻找去而未返的密斯脱胡萝卜和一把抓的，但砍柴人却指点了他们相反的方向，因为砍柴人不愿意将任何人交给可恶的柠檬兵。

太阳快下山的时候，砍柴人又看见一大批柠檬兵朝他走来。这次是柠檬王亲自率兵来寻找他那些忠心士兵的，跟他们一起来的还有两位樱桃女伯爵，大家兴高采烈，不像出来找人，倒像出来打猎。

这一次砍柴人什么也没敢说。柠檬王就率队伍朝原先那队柠檬兵走的方向走去了。

天一点一点黑下来，可这一大群人还在黑沉沉的林子里找来找去。这天晚上，只有狼嚎听不到，狼以为是来围捕他们的，躲到林子深处去了。

现在，城堡里除了仆人只剩下橘子男爵和蜜柑公爵了。小樱桃也偷偷溜走找朋友们去了。

这可正是大捞一把的好机会呀！蜜柑公爵早听说老伯爵死前留给两位女伯爵一批宝贝，它们会不会藏在酒窖里呢？

于是他找到了正在大吃的橘子男爵，告诉他酒窖里藏着上等好酒，橘子男爵一听，口水就流下来，立刻叫来老菜豆，用小斗车驮着肚子，追上蜜柑公爵，沿台阶翻滚着向酒窖冲去。

两个人到了酒窖，看见一大桶一大桶的美酒塞满了酒窖，还有不计其数的大大小小的瓶酒。橘子男爵嗅着酒香兴奋极了，坐在地上大喝起来，蜜柑公爵可没把心思放在酒上，他在一心寻找宝贝。

最后，他来到酒窖尽头，看见墙上有一扇小门，也许宝贝就藏在这儿吧。可是门上既没有锁也没有拉手，蜜柑公爵使出了九牛二虎之力也没有打开，暗锁到底在哪儿呢？

蜜柑公爵着急起来，他开始四面张望，忽然他看见一个贴黄标签的酒瓶，于是伸手去拿。蜜柑公爵惊讶地看到那扇神秘的小门打开了，小樱桃带着一群人涌了进来。天哪！洋葱头也在里面呢！

"先生们，谢谢你们的好意，帮了我的忙。这扇门我已经开了三个钟头，可就是开不开。你们怎么知道我正是要打这儿进来的？"小樱桃高兴地说。

原来这是进入城堡的秘密通道，趁所有人都出城了，小樱桃带回朋友们占领了城堡。

小樱桃带领洋葱头们占领了城堡，蜜柑公爵被锁在他自己的卧室里，而橘子男爵就让他醉醺醺一直睡在酒窖里。

就在这个时候，柠檬兵们终于在绕来绕去的林子里撞见了，就连密斯脱胡萝卜和他的一把抓也被找到了。这真是件高兴事，于是，柠檬王决定开一个盛大的林中焰火晚会，而当作焰火飞上天的却是被一对一对捆起来的柠檬兵。柠檬大军迅速减少下去，要不是番茄骑士的提醒，也许兴冲冲的柠檬王自己就会整个地把自己的部队消灭光。

无论在什么时候，番茄骑士都努力保持头脑清醒，即使在森林里，他也不断朝城堡方向瞭望。远远地，在一片黑暗中他猛然发现只有蜜柑公爵房间的灯仍然亮着，而且不停地闪着，三短……三长……又是三短。这不是求救信号吗？难道说城堡遇到了危险？

番茄骑士把情况报告给柠檬王和两位女伯爵。虽然柠檬王还劝大家再玩一夜，但两位女伯爵却心急如焚，于是只好点兵。可是，哎呀，看看焰火晚会之后还剩下多少人吧：18名柠檬兵和40个将军，总共58人。

进攻在早晨7点整开始，御驾亲征。

队伍迈大步向城堡前进，刚爬上冈子，柠檬王就累得不行，于是改换柠檬大将军指挥。

队伍小憩之后，刚要开始再一次冲锋，忽然听到一阵奇怪的隆隆声，只见山顶上迎着将军们飞来一发其口径之大真是从没见过的大炮弹。40个将军还未来得及逃掉，就有20个将军像熟透了的李子那样给压扁了。接着大炮弹继续向下直滚，直至撞翻了两位樱桃女伯爵的马车才停下来。大家心惊胆战地仔细一看，竟是橘子男爵，他逃出了酒窖，由于自己行走不便，干脆就打山上滚下来，他压死了援兵，纯属无意。

余下的勇士正待进攻，头上却猛然喷来一股一股醉人的浓香。那可都是上等红酒，洋葱头以极其热情的方式迎接了柠檬兵，他把消防筒直接接到酒窖里的大酒桶上，柠檬兵立刻醉得不省人事。

眼看柠檬王就要坚持不住，就在这危急关头，有整整一师柠檬兵向战场开来，留给洋葱头他们的只有逃跑这条路。

寡不敌众，洋葱头又被逮住了，再次被关进地牢里。

地牢里关着许多许多犯人，洋葱头的爸爸也在里面。一提到爸爸，洋葱头心里就难过得要命，他是答应要救出爸爸的，可现在……

犯人们整天待在昏暗的地牢里，只有到院子里放风时才呼吸一点新鲜空气。院子是圆的，穿一式黑白条子囚衣的囚犯们一个跟着一个团团转兜圈子。圆圈当中站着一个柠檬兵，冬冬冬地敲铜鼓："一二、一二……"

洋葱头在放风时看见了爸爸。啊，他衰老得多么厉害呀，驼着背，咳嗽着，虚弱得几乎迈不动步子。

洋葱头扑过去抱住爸爸，柠檬兵毫不迟疑地把他们训斥开，队伍按原来的次序走回牢房。

怎样才能救出爸爸和别的囚犯？洋葱头整天都在想，可就是想不出办法，因为他没法儿和牢外的朋友们联系，直到他结识了瘸腿蜘蛛。

瘸腿蜘蛛是地牢里囚犯们的秘密邮递员，五年来他一直替犯人们传递消息。这一天，当他把老洋葱写的信交给洋葱头时，洋葱头的眼睛一下子亮了。他把一个解救全体囚犯的办法告诉了瘸腿蜘蛛。他写一封信并附上一幅监狱地形图，派瘸腿蜘蛛交给一个叫小樱桃的朋友，那样他就会来救大家。

听了这个办法，瘸腿蜘蛛立刻答应了。虽然路程对一只瘸腿蜘蛛来说是相当遥远而危险的，但这只蜘蛛是那么崇高，而且他也憎恨柠檬王他们，是他们叫他瘸了一条腿，又拍死了他的老父亲。

一切准备好了，瘸腿蜘蛛藏好信就爬出牢房的小窗子，向樱桃城堡出发了。

瘸腿蜘蛛以蜘蛛最快的速度向城堡爬去，要知道他的邮袋里可放着一封十万火急的信呢。可是倒霉的是他在田野里遇到了老熟人，一个叫"七条半"的蜘蛛。这家伙总是不紧不慢地闲扯，又是爱看热闹、爱管闲事的专家。他偏偏要好心地陪瘸腿蜘蛛一起去城堡，因为他实在无事可做。

这可愁坏了瘸腿蜘蛛，他既不好意思拒绝老熟人的好心，也不敢贸然讲出实情，于是两人只好结伴朝城堡爬去。

一路上走走停停，七条半总喜欢惹点麻烦事解闷儿。可怜的瘸腿蜘蛛他真是急得要死，整整一天他都在心里懊恼着，一言不发。

两位旅伴来到一座教堂的后院，七条半坚持要休息一下。忽然一只小青虫叫喊着跑来："鸡来了！鸡来了！"抬头看时，一只可怕的大公鸡瞪着圆眼睛扑过来。瘸腿蜘蛛刚来得及把信袋扔给七条半，就被吞下了肚子，七条半失魂落魄地滚出了铁丝网。

那位善良的瘸腿蜘蛛死了，七条半难过极了。它打开邮包，看了那封信和地图，禁不住流下泪来。瘸腿兄弟遇难都怪自己，那么自己应该替他完成这个任务。

这时候，七条半再不想休息和睡觉了。它日夜兼程，向城堡前进，终于把信送到了。

再说洋葱头，由于瘸腿蜘蛛已离开了很长时间，一点音信也没有，他一天比一天绝望了。

这一天又到了放风时候，洋葱头没有看见爸爸，因为他病得只能躺在牢房里说胡话了。

穿着条纹囚衣的犯人们弓着腰，拖着腿，谁也不想说话，绕着院子一圈一圈地走。

忽然，"洋葱头。"一个耳熟的喑哑声音响起来，天哪！是老田鼠吗？洋葱头激动得脸都红了。

"地道挖好了，你只要向左跳一步，脚底下的土就会陷下去，我只在上面盖很薄一层土。"地下喑哑的声音说。

洋葱头马上踩了一下前面犯人的脚跟，悄悄说："下一圈我用脚一顶你，你就向左一步往下跳，然后你就得救了。"

圈中间站着的柠檬兵还在起劲儿地敲鼓，洋葱头前边的人已跳到洞里去了。就这样，每走一圈，就有一个人跳进洞里没了影，五六圈下来，柠檬兵看看那圈绕着他走的囚犯，开始不放心了。于是开始清点人数，可是数来数去，却怎么也数不明白。犯人绕着圈走，一会儿就把他搞得头昏眼花。可这时候他再向那圈人一看，吓得拼命揉眼睛：囚犯差不多少了一半！

犯人还在减少，柠檬兵目瞪口呆，心不在焉地继续敲鼓，最后只剩五个人了，柠檬兵终于明白了囚犯们神秘消失的原因。可是已经晚了，剩下的囚犯不再等，一个接一个跳到洞里。洋葱头决定留下来和老爸爸待在一起，可是难友们不等商量就把他拉下地道。

紧接着一群柠檬兵也跳下来和囚犯们一起逃掉了，因为弄丢了犯人，柠檬王饶不了他们。

洋葱头把爸爸的事，告诉了亲爱的老田鼠，他二话不说就动爪干起来，几分钟后老洋葱也得救了。

这时，为了庆祝洋葱头入狱，柠檬王正在举行一个盛大庆典。庆典上最有趣的就是障碍赛马，就是马要拉走刹住闸的车，谁拉得动算谁赢。

可怜的黄瓜马在鞭子下累得大汗淋漓，乐得柠檬王拍手叫好。

忽然跳出一个人来狠狠抽了柠檬王一鞭子，定睛一看，正是洋葱头。

紧接着又是一鞭子，所有的囚犯也都从老田鼠的地下长廊里钻出来，冲进大街小巷。柠檬官们都逃上自己的马车，可是车闸刹得死死的，他们很快就被百姓们捆起来。

只有柠檬王的马车没有参赛，柠檬王疯狂地抽着马逃走了。可他的运气不太好，刚到田野就一头插进了垃圾堆。

洋葱头、小樱桃带领百姓们又占领了城堡，这可气疯了番茄骑士，他拼命跑上插着白旗的塔顶，一把抓住洋葱头的头发，他已记不得这样做会有什么危险了。突然，他只觉得两眼刺痛，核桃大的泪珠马上像冰雹一样撒落下来。可这次番茄骑士号啕大哭不只因为抓了洋葱头的头发，他还觉得他完全无能为力了……

贫穷的百姓终于胜利了，南瓜老大爷终于踏踏实实地住进了自己的房子。

而樱桃城堡现在已成了少年宫。

（孙淇　缩写）

蓝箭号列车历险记

〔意大利〕罗大里　原著

贝发娜太太在城里开了一个玩具商店。她有一个奇特的本领：主显节前一天前夜，能够和她的女仆骑着扫帚为顾客们运送礼物。

主显节前一天早晨，贝发娜正在梳头，忽然听见女佣人呼叫："太太，有人在店里。"

贝发娜神气地下楼，可她看见只是一个衣衫破旧的孩子时，她用不耐烦的口气问："嗯，怎么啦？有什么事？"

"是这样……夫人……"孩子喃喃地说。

这时贝发娜更加心烦："我的孩子，就这样算了吧，要不你给我写封信。"

"可是，夫人，信我早已写好了。"

"是吗？那么你叫什么名字？"

"方齐谷。"

"对，你给我写了信，请求我送你一列电火车。可是你知道吗？你母亲没有钱付款，并且过一两天我就打发秘书去收你过去几年欠我的玩具钱。"

方齐谷伤心地哭了起来，可这哭声在橱窗里的后果却非同小可：橱窗里也哭声一片。这是怎么回事？

原来，陈列在橱窗里的，是贝发娜新近购置的一批玩具。贝发娜和仆人费了一个上午的时间，才把它们从库里搬到橱窗或货架上。然后贝发娜把它们擦得焕然一新，其中，一列电火车，取名为蓝箭。

"蓝箭"是一列名副其实的华丽的火车。配备着一捆轨道，还有可供两条铁路穿过的隧道，一间扳道工房，一个由站长、司机和车长组成的车站。在车站的空地上，一名上校指挥着铅弹特种步兵团和军乐队，整装待发。一名将军对他的炮队已做好了下达开火命令的准备。

车站后的绿色平原上，印第安人围着他们的头头"银笔"扎了营。车站上方，空中悬着一架飞机，里面有一个永远站不起来的"坐着的飞行员"。

在橱窗里还可看见各种形状的布娃娃、一只黄熊、一条布狗、一盒彩色笔、一盒积木、三个木偶和一条双桅船。有趣的是，船长只画了一半胡子，叫他"半脸胡"船长。

——橱窗里的玩具们等贝发娜拉开吊门，便好奇地望着来观望的孩子们。当见一个孩子悲伤地哭起来，玩具们也哭了。

以后许多天，方齐谷每天都到橱窗前，呆呆地望着"蓝箭"好一会儿，他一心一意地喜欢着电火车，这使站长、列车长非常得意。假如孩子来迟，他们一个个便会心神不安了。

时间快到1月6日了，可怜的方齐谷，那瘦瘦的小脸蛋一天比一天更悲伤忧郁了，玩具们想：为他做点什么才好呢？大家盼着"蓝箭"的站长拿个主意，可他那样子，好像在这以前从没发生过什么。

倒是布狗斯毕乔拉出了个主意，他因为谦虚，一直羞红到了尾巴尖尖上，它清清嗓子，结结巴巴地说：

"那个孩子，……方齐谷……你们认为他今年能从贝发娜那里得到什么吗？"

"我不这么想，她的母亲一直没有露面，信也没有来一封，我对邮件是注意的。"站长肯定地说。

"我正是因为方齐谷什么也得不到而想出了一个主意，我们给他来个出乎意料，你们看好不好？"斯毕乔拉接着说。

"怎么个出乎意料法？"

"既然我们知道方齐谷的名字，也知道他的地址，我们全体为何不上他那儿去呢？"

"啊，这是造反！我不能允许这样的事情发生，都该服从命令！"煞有介事的将军表示反对。

"是不是贝发娜要我们去哪儿就去哪儿？如这样的话，方齐谷至少在今年什么也得不到了，他的名字已被列在穷人册里了……"

"天哪！真是不可思议……"

站长插嘴说："这可怎么办呢？我们只知道他的地址，可不知道怎么走啊？"站长想了半天，还是同意去。

"我能以嗅觉进行跟踪。"斯毕乔拉说。

这可不是随便闲谈，而是要做出决定了。大家都望着炮队将军。

将军搔着下巴，在大炮前来回踱着步，过了一会儿，他果断地说：

"好，就这么定了。我用我的部队掩护你们前进。"

"万岁！"一阵欢呼声传来。

出发的时间定在当天晚上，主显节前夕。到半夜时，料定贝发娜会到店里去把装玩具的空篮子补满，大家趁这个机会，抓紧行动起来。

首先，怎样从商店里出来呢？积木工程师已排除了在结实的吊门上钻洞的可能性。

"这个问题我已考虑好了。"斯毕乔拉说着。大家都以钦佩的目光看着这条小布狗。

"你们还记得那个仓库吗？角落里堆放着一堆空纸盒，后面墙上有一个洞。在这堵墙后面有个地窖，出去后便是一条又窄又暗的胡同。"原来狗有个习惯，就是用鼻子去嗅。

下一步，工程师铺好了轨道，众玩具坐上火车，徐徐地向外开动了。

就在这时，贝发娜的女仆尖着嗓门喊：

"来人哪！太太快来抓贼呀！玩具全没啦！橱窗已空空的啦！"

"天哪！大慈大悲，可怜可怜我吧！"贝发娜夫人哭起来了。

玩具们刚离开仓库，贝发娜冲进仓库，她像一座石像呆呆地站着。

"一个人也没有，太太。"女仆因害怕而低声地说着，一面紧紧揪住主人的裙子。

"蓝箭也不翼而飞啦……"贝发娜夫人悲伤的喃喃地说。

"很可能那些贼都是鬼怪呐，太太……"

"消失得无影无踪，竟没有留下一点儿痕迹，你说怪不怪。"

这边贝发娜发着呆，那边蓝箭正向前驶进。

就在这时，听见将军拔出金剑大声吆喝：

"准备战斗！准备战斗！前面发现敌情！"

"有敌情？我们怎么没看见？"

当正要发布开火命令时，斯毕乔拉的声音传了过来。

"请发发慈悲停一下！请停止行动，那不是敌人，是一个躺着的小孩。"

大伙儿这才看清，的确是一个孩子。原来地窖里也住了人家，一个小孩睡在吊床里。逃跑的行列慢慢向吊床靠近。就着暗淡的灯光，大家看清小孩身边的一张椅子上，有一张折成四方形的纸，这是写给贝发娜夫人的信。

大家读完信，深深地被小孩想得到玩具的心情感动了。

"得为他做些什么才好呐。"蓝箭的站长说，"不幸的是这个孩子因激动竟忘了写上他想要什么了。"

这时黄熊一面干咳着，一面说："我对周游世界已厌倦，我可以停在这儿，你们说呢？"

上百只眼睛盯着黄熊：它的品格太好了。

"半脸胡"说："好吧，你留在这儿倒也合适。"

全体一致同意，随即进行告别，互相致意，司机拉响汽笛，站长吹响哨子，众人都上了车，护送队徐徐前进。

蓝箭来到了贝发娜店铺附近的广场。司机从小窗口探出头来：

"请问，我们该往哪个方向走？"

"向右拐，"斯毕乔拉说，"你们赶快向右转弯，我认出了方齐谷走过的路了。他的一双破鞋味就是从这儿往那边去的。"

司机转动方向盘，蓝箭即以全速拐了个弯。就在这时，传来了斯毕乔拉奇怪的哼哼声，这声音告诉大家它发现了什么危险。但如今已太迟了，司机没能及时刹住车，蓝箭就已全速冲入一个污泥水坑里去了。

"看来只好让我的船下水了，然后全体都上船。""半脸胡"悲伤地说。

不过船到底太小了点儿。积木工程师指挥积木开始建一座桥，为加快工程进度，特种步兵团的上校把他的全体勇士也交给了工程师调配。

新桥终于修好，一辆吊车提起了蓝箭，把它放在了桥上。站长挑起绿色信号灯发出信号，司机立即压低操纵杆，火车起动了。

火车还没有开出半米远，只听得将军大声喊道：

"熄灭所有的灯！发现敌机！"

这一次将军可没有放空炮，警报是真的。灯全部熄灭了。随着一阵可怕的轰轰声，一个巨大的影子落在广场上。逃犯们认出这是贝发娜和仆人骑着扫帚来到了，正以超低空飞行，高速逼近了蓝箭。

司机也等不及站长下命令，猛力向左一拐，然后像箭一样穿过一扇大门，顺着一堵墙停下，大门立即在慌乱中被闩上了。

还好，贝发娜没有能及时赶上盯住他们。扫帚飞向远方，消失在雨雪之中。

司机开了蓝箭上的塔灯。原来慌乱之际，闯入一个堆满空箱的窑洞。大家总算松了口气。

"这儿有人。"玫瑰洋娃娃以她柔似玉笛的声音娓娓说道。

"这怎么可能？谁的心情如此愁闷，竟在这样的夜里呆在大门口乘凉呢？"司机评论道。

"是一个睡着的老太太。"娃娃们说。

"她太冷了，我们试试能不能帮她暖和暖和。"玫瑰洋娃娃提醒大家，并第一个抓起老太太的手在自己的两只小手之间搓着。

"哎，我认为她永远也不会醒了，我见过许许多多这样的人了。"一个特种兵战士从车顶上下来，低声地说。

"为什么不该醒来呢？我对旅行已经厌倦，我愿意留在老太太身边。当她醒来时，我就跟她一起去。"玫瑰洋娃娃果断地说。她的眼睛也因闪烁着另一种异样的光芒而显得更加美丽。

斯毕乔拉从大门出去侦察，回来告诉大家道路已通行无阻。难民们重新登上火车，蓝箭缓缓向开口处驶去。朋友们轻轻向留下来的玫瑰洋娃娃道别。

"再见！"玫瑰洋娃娃颤抖着声音回答。她孤独地闭上眼睛，靠着老太太缩成一团。第二天一早，洋娃娃不明白为什么人们停在大门口瞧着她们。老太太被放在一张床上抬走了。一个宪兵把她也带走了，送给了他的上司的小女儿。

可是，玫瑰洋娃娃再也忘不了那个自己曾守在她身边一起度过主显节夜晚的老太太。

纷纷扬扬的雪下个不停。斯毕乔拉在车前急走，司机瞪大了眼睛，紧跟着他。火车里的人们都开始觉得冷了。

队伍沿着方齐谷的足迹曲曲折折地前进，走着走着，斯毕乔拉怎么也闻不到方齐谷的气味了。

"我们该怎么办？"列车长焦急地问。

"坐着的飞行员"自告奋勇要做侦察飞行。他的建议被采纳了。

"我的战士们，听我命令：立即把大炮卸下来，装到火车尾部，做好开火准备。"将军忽然高声喊叫起来。

"你抽的什么疯呀！"炮兵们怒声四起，但又不得不服从命令。

正在这时，发生了一件非常奇怪的事情：大炮从货车上卸下，立即就在雪底下失踪了！而且不留下任何痕迹！

将军赶快跪在雪地上用手挖，秘密立即就被揭穿了。那是一个下水道的污水池，大炮就被它"吞没"了。

将军像被闪电击中似的，他痛苦地哽咽着："一切都完了，对于我，再没什么事情可干的了！"他跪在那儿没有起来，积雪渐渐地将他覆盖。

将军好像没有听到大家对他的劝告，于是大雪将他整个盖起来，形成一尊巍巍壮观的雪像了。

全体都很感动，每人心里都很难过。以军礼对将军进行祭奠。特种兵军乐团吹起了出殡进行曲。

就在刚才这一切发生的同时，飞行员正在这恶劣的天气中飞行。

"我该调正航向才行。"他想，"我不信方齐谷会在云雾里，对，我该下降。"

过了一会儿，他觉得夜色变得更明朗了。他碰到了下面一个很大很大的影子，而这影子竟用粗大的嗓门向他招呼：

"喂，飞行员先生，请上这边来。"

与此同时，一只可怕的手把飞机夹住了。

"我要倒霉了，飞机失去控制还不爆炸呀！""坐着的飞行员"高声惊呼。

"炸什么呀，我仅仅是一个安稳的铜像。"那个神秘的影子说。

"坐着的飞行员"这才松了口气。接着他便听到纪念像问：

"这么冷的天，你飞来飞去干什么呀？"

"坐着的飞行员"简要地向纪念像报告了他及蓝箭的情况。

"非常有意思。我也很重视孩子们。只要天气好，这儿总有成群的孩子在我跟前玩耍。但其中一个，不论什么天气，他都来找我。他呆呆的样子，好像有什么心事。"

"如果他叫方齐谷，很可能就是我们的朋友。不过他的足迹是在路上消失的，怎么一下子会到这儿来了呢？""坐着的飞行员"忧郁地问。

"你应该知道，有时孩子是喜欢登上电车的缓冲部位作旅行的。昨天，那个孩子就是这么做的，后来是一个警察让他下来的。"

一刻钟后，朋友们来到了纪念像下，斯毕乔拉在大理石前嗅个不停。它嗅到了方齐谷鞋子的气味。

"是方齐谷。"他用肯定的语气说。

大家齐声欢呼这重大突破，停了一会儿，和纪念像道了别，重新上了路。

再说贝发娜和仆人冒着危险，失望地跑了整个晚上。正要回家去时，贝发娜别针一样尖的小眼睛透过雨雪，发现蓝箭正向郊区全速前进。

两个老太太隐身于树枝之间，凭着扫把，用小动作从这棵树跳到那棵树。逃犯们尚未发现任何动静。相反，整个行进队伍都陶醉在欢乐之中，气氛热烈。

"气味越来越浓了。"斯毕乔拉说，"显然我们快到了。"

突然，印第安人银笔取下嘴里的烟斗，两只耳朵向着各个方向转动，说："我听见了杂音，有人在树枝上走动。"

就在这时，只听得一阵咯吱吱断枝的声响，原来是贝发娜的仆人因为过分紧张，身体失去平衡，"啊——"的一声掉在了雪地上，印第安人跳了出来，把斧子插在她的裙子上，"坐着的飞行员"不断地向她俯冲，仆人向她的主人大声呼救。

贝发娜感到自己力量单薄，无法迎战。她没理会正处在困境的仆人，用扫把敲打着树枝离去了。留下仆人沮丧地望着主人远去。

可怜的老太太开始哀求："印第安人先生，如果你们让我走，我答应给你们一张名单，所有没收到贝发娜礼物的孩子都在上面……"

银笔做出决定，他把她放了，立刻和大家登上火车。

"那么现在我们干什么呢？"站长问道。

斯毕乔拉胆怯地说："气味这么大，一定是离方齐谷家没有几步路了。"

气味引着斯毕乔拉进入了一条很窄很窄的小街。然后在一扇小门前停了下来。

"我们到了吗？"全体都问。

"到了，就是这儿。"斯毕乔拉肯定地说。他从门框里钻了进去，好久才出来，他悲伤地哭了，说："一个人也没有，是无人居住的空屋。"

蓝箭上的旅客们面面相觑，气味就是在那个空房子里终止的，这没有错。怎么办呢？贝发娜那里是断然不会再回去了。

银笔想起了贝发娜女仆的那张纸单，过了一会儿，他说："这儿有很多方齐谷。"

"有我们的那个吗？"有人问。

"有许多别的方齐谷，还有很多彼得、安娜、马利莎和朱赛佩。"

"都是些没有从贝发娜那里得到礼物的孩子。""半脸胡"嘟嘟囔囔地试图解释。

"啊，方齐谷真多啊，我们只好去找这些方齐谷了。"银笔终于发话了。

"全体上车！"站长大声高呼。

其实也没有必要这样叫了。旅客们都已待在车厢里了，尤其是三个木偶冻得上下牙齿成对相磕打，声音响得使人们无法睡觉。

"哎呀，你们能不能让我们安静一会儿？难道你们就没有一点怜悯心吗？"

"是的，我们确实是没有心的。假如我们有心，就不会冻得这样了。"三个木偶凄楚地回答道。

从铅笔盒里欢快地跳出了一个红笔姑娘，她说："这事儿由我来办。"她三笔两笔在木偶的上衣上各画一颗心。

"现在觉得好些了吗？"红笔姑娘问。

"喔，好多了。我们觉得胸腔热乎乎的。"

蓝箭正缓慢地行进着，摩托车运动员作为开路先锋。那么斯毕乔拉呢？

斯毕乔拉主动地留在方齐谷的家里。他凄凉地望着徐徐驶离的蓝箭，微弱地喊着："祝旅途愉快。"

朋友们也许此刻很想知道，到底这个方齐谷到哪去了？

初冬，方齐谷的爸爸病倒了。卖报纸的事便落在了方齐谷的肩上。主显节前几天，爸爸与世长辞了。方齐谷一家只好到郊区租了一间简陋的棚子住下来。

原先的那双破鞋根本不能再穿了，孩子只好穿上了他爸爸的那双。这也就是为什么斯毕乔拉后来再也没能跟踪方齐谷的足迹的缘故。

爸爸死后，方齐谷另找到了一个门路，在电影院场间休息时，叫卖糖块和口香糖，并兼管打扫卫生。

主显节晚上，电影散场后，方齐谷干完活，刚走出影院不远，只觉得被一只手堵住了嘴，一只胳膊卡住脖子，然后有人狠劲地把他拖进了大门。

"贼！"方齐谷想，顿时一种强烈的害怕占据了他的心。

一个贼指着一个小窗口间道："看见了吗？从那窗口钻进去，在里面把门替我们打开。别给我们使坏！否则，看我怎么收拾你！"

另一个贼抓住他的腰把他举到小窗口，方齐谷只好把头钻了进去。两个贼把他的腿和脚慢慢送下去。里面漆黑一团，方齐谷滚倒在地板上。

"你在干吗？赶快干哪！"贼在外面焦急地喊。

"我在这很安全。如果他们不想被夜警抓住的话，他们就得离开这儿。"方齐谷想。"要不我把别人吵醒，发出警报。"

他的敲打声惊醒了店里的人，一阵强有力的声音使他知道盗贼已被抓住了。

"出来吧，如今已没有别的出路了。"

方齐谷把吊门往上推了几公分，立刻有人把吊门抓住，是一名持枪的夜警。

"这事与我无关……是他们……"

"嘿，与你无关？那你倒说说你怎么在商店里面待着？"

半小时后，方齐谷坐在警察局的条凳上。没人听他解释，反而遭到警察的训斥。

方齐谷只好默默地饮泣着。

逃跑的玩具们现在以摩托车运动员为开路先锋，按照银笔手中的名单，不断有伙伴们走下车，来到了许多没有玩具的孩子身旁。

"停！"列车又停下了。"这是8岁的利维雅的家，谁下去？"

"最好是一个洋娃娃。"站长提示了一下。

如今只剩下黑洋娃娃了。所有的人都瞧着她。忽然，她哭了起来。

"这是怎么啦？我们帮她找了一个人家，她倒哭鼻子？"

黑洋娃娃哭着说："我要问一下，为什么那个'坐着的飞行员'就不能去利维雅那里呢？如今女人也能飞入太空，难道说飞机只是为男人而造的？"

"她的主意我喜欢，""坐着的飞行员"说，"鼓励妇女搞航空事业我看不仅是正确的，而且还是必要的。"

"多动听的故事啊。""半脸胡"评论说，"既然你喜欢黑洋娃娃，那就这样定了吧。"

银笔用他的烟斗简单地做了一个手势，于是"坐着的飞行员"着陆了，黑洋娃娃上了他的飞机，请她系好安全带，而后又一次飞上了天，不久就降落在利维雅女孩的床前。

下一站该轮到"半脸胡"船长了。

说到就到。"罗西海员的家到了。"摩托车运动员说：

"还有孩子叫海员的？他家是个海员俱乐部吧？那儿肯定需要一条船。朋友们，来，帮个忙，把这双桅船卸下来。"

要进海员的家，必须上三层台阶。积木总工程师一眨眼工夫就造起一座铁索桥，帆船扬帆而上。

"谢谢诸位，你们去办你们的事吧。我还得检查一下我的一切是否都稳妥。"

"我们全体都非常激动。"银笔取下烟斗说。大家都待在那儿，眼圈都红了。

"我们往后还能见面的嘛。""半脸胡"船长拖着双桅船，在大家目送下，进了罗西海员的家。

他发现了对他很需要的东西，一个脸盆，里面已放满了水。

"半脸胡"高兴地说："太好啦！我倒想瞧瞧明天早晨，当我们的海员跑过来洗脸时，一看我和我的船在里面，那将会多高兴哩！"

"半脸胡"一面自言自语嘟哝着，一面把双桅船下到脸盆里了，然后任它在和缓的摇摆中平静下来。

他睡着了，醒来后，一切都如他所想象的那样。

就这样，挨家挨户走下去，我们的这伙朋友越来越少了。现在，蓝箭正向最后一站进发，天快亮了，第一批有轨电车已开出车房。

最后一个没有礼物的孩子叫罗伯多。他的家在城外，是27号养路房。司机、列车长简直不肯相信自己的眼睛，他们竟来到了一条真正的铁路上！

"孩子们，我们是多么幸运！"站长大声说，"想必罗伯多是铁路管理员的儿子。我们定居下来，每天都能看到上百辆火车。"

"那么，我们现在就进去吗？"司机问。

"待一会儿，可能另一列火车快到了。"

几分钟以后，他们听到一阵微弱的声音，很快就是一声巨响，然后声音慢慢消失了。

养路房的门开了，守路工人挑着一盏灯走出来，然后不安地四下张望着。

"罗伯多！"他大声喊，"罗伯多！"

一会儿，一个小孩满脸倦意地拉了拉刚穿好的衣服出现了，他手里也挑着一盏灯。

"拿上一面旗。"父亲命令他说，"你上那儿查看一下轨道，下一趟列车就要开过来了，我们抓紧时间。"

天空正渐渐放亮。罗伯多顺着轨道往前走，过了拐弯处，他看见车轨被山崩的松土和积雪吞没了。

与此同时，远方传来了火车汽笛声。罗伯多立即拔腿奔去，他摔倒在雪地上了。他在雪地里向前爬着。

"停下！停下！"他直着嗓门吼道。火车凶猛地直冲而来。

突然制动器紧紧卡住车轮，火车在摇晃了几下后速度已缓慢，在离罗伯多不远的地方停了下来。

罗伯多觉得自己正慢慢地沉浸在松软的雪里，然后他什么也不知道了。

过了一会儿，他在自己的床上苏醒过来。

"已经没有危险了。"他吃力地睁开眼睛，一个戴眼镜的先生正给他诊脉。

"好孩子，你救了成百上千人的生命。"

山崩造成的障碍排除了。然后，火车开走了。

这时候，罗伯多发现了床下的蓝箭。"一列火车！爸爸，这一列电火车是您给我买的吧？"

"不，孩子。可能是列车上的一位好心肠的旅客留下的吧。"

那么现在，方齐谷这个可怜的孩子怎么样了呢？那时候，方齐谷在警察局一条硬板凳上睡着了。

与此同时，贝发娜正在喝着仆人为她做的压惊的咖啡，谁知有人敲响了店铺的吊门。

"我是夜警，有事要面告夫人。我是为方齐谷而来的。"来人说。

原来，夜警也认识方齐谷，那天夜里夜警听到了警报，他看见方齐谷被带到了警察局，他相信这孩子不会做贼，需要指出的是，贼偷的那个商店正是贝发娜太太的玩具店。夜警心想店主人或许能把方齐谷救出来。

夜警三言两语地向贝发娜说明了那天晚上的事情。

"天哪！我们忙忙碌碌来去于房顶上时，贼就在店里？那还不把保险箱掏空了？"

她们赶紧去看，还好，钱一分没少。

"这都是方齐谷的功劳。是他报的警。"

"方齐谷？"贝发娜说，"我认识那个孩子。好吧，我立即与您一起去警察局。"

"夫人，我没有动任何东西。"方齐谷哀求地说。"是我叫来了警察。"

"正是这样。"贝发娜毅然地说，"现在，事情已经澄清了，咱们走吧。"

局长无可奈何地摊开双手耸了耸肩，拿那个可怕的老太太真没办法。

贝发娜握着方齐谷的小手，像一个很不错的祖母。女仆准备了第三杯咖啡，又拿出饼干。

"我该回家了。"方齐谷说，"我妈妈正念叨着我呢。"

"我很想送给你一样礼物。"贝发娜说，"可是昨天晚上都送出去了，电火车蓝箭也逃跑了。不过我很想找一个店员，你想当我的店员吗？"

"贝发娜的店员？"方齐谷惊叫起来。

方齐谷坐着贝发娜的马车，回到了家里。

至于斯毕乔拉呢，它后来成了一条真正的狗，并找到了方齐谷，和他成了形影不离的好朋友。

（邱纯义　缩写）

小熊历险记

〔英国〕米尔恩　原著

　　有一只小熊名叫温尼·普，他独自生活在一个森林里。他虽然同所有的熊一样笨，但却很愿意用脑去思考问题，总想用他那愚笨的脑袋，想出什么好主意来，结果出了不少笑话。大约是个星期五吧，他出门散步，走到森林中间的一块空地上，在这块空地中间，长着一棵很大的橡树。小熊正绕着大橡树散步，突然听到树上传来一阵嗡嗡的吵闹声。小熊连忙坐下，动起脑来，"这嗡嗡的噪音一定是蜜蜂发出来的。"他又琢磨许久，"据我所知，蜜蜂活着就是为了酿蜜的。"

　　小熊站起来继续想，终于想通了，"蜜蜂酿蜜，就是为了我小熊能吃到蜜。对，准是这样。"他这样想着，开始爬那棵树。一边爬，他一边唱起快乐的歌："嗡嗡嗡，嗡嗡嗡，蜜蜂酿蜜为小熊。"小熊越爬越高，就要够着蜂房了。可是，"喀嚓！"树枝断了，小熊温尼·普一屁股摔在草丛里。

　　小熊又仔细想了想，又想出一个办法，他急忙爬起来去找好朋友罗宾来帮忙。罗宾是住在附近的一个小男孩儿。小熊请罗宾带着两个气球和一只玩具木枪，跟他一起来到大橡树下，他让罗宾吹起气球，然后自己抓着气球下边的绳子，飘飘悠悠地升上天去。罗宾不解地问："你这是干什么?"

小熊温尼·普说:"看我像不像浮在天空中的一朵乌云?"小熊是想乘气球上天冒充乌云,去偷蜂蜜。

小熊上天后发现,蜜蜂们总是在蜂房左右飞来飞去,使他无法下手。小熊又想出一个办法,他让罗宾回家拿一把雨伞,打开伞在树下走,边走边说"哟,要下雨了!"这样,蜜蜂真的以为要下雨了,他们就会躲起来。

罗宾觉得这是个好主意,就拿来伞,打着伞在树下走,还不停地喊:"要下雨了!要下雨了!"可是蜜蜂好像听不懂罗宾的话,不肯离开蜂房。小熊想了想,便唱起歌来,让蜜蜂知道要下雨了,小熊唱道:"蜜蜂蜜蜂快躲开,一朵乌云飘过来,你们赶快去躲雨,小熊好把蜂房摘!"可是蜜蜂还是不去躲雨,反而绕着这朵乌云飞来飞去,甚至有几只落在了这朵乌云的鼻子上。小熊害怕了,因为他最怕蜂蜇。小熊两只手都在扯住气球,腾不出来,只好用嘴吹气赶蜜蜂走,"噗!噗!"他越吹蜜蜂越多。

小熊想下来,又怕松手掉下来摔得太疼,便连声大叫:"罗宾,快开枪!"

罗宾也喊:"不能开枪,我要打不着蜜蜂,就会打伤你!"

小熊忙叫道:"不是打蜜蜂,是打气球!"

小熊想,只要不松手,就不会摔得太重。不料想,随着罗宾"砰"地一枪把气球打碎,小熊还是狠狠地摔在草地上,可疼了。"这是怎么回事?我也没放手呀!"小熊坐在地上,又开始用脑思考起来。

吃蜂蜜的行动虽然没有成功,但小熊仍然很愉快。这天,小熊在森林里散步,边走边哼着自己编的小调。他想了解一下别人都在干什么,是不是对这支小调感兴趣。于是他就来到沙堤上找兔子拉比特。他站在兔子的洞口大声喊:"有人吗?"

"没有!"洞里一个声音回答。

"哦,没人啊,真不巧。"

小熊刚想走，忽然觉得不对，"可这不是拉比特的声音吗？"

洞里又有人说："我不这样认为，声音并不能说明什么。

小熊把头缩回来，想了想，又伸进去说："你能告诉我拉比特在哪儿吗？"

"他去看他的好朋友小熊温尼·普了。"

小熊惊奇地说："我就是呀！"

洞里的兔子又问："哪个我？"

小熊急忙说："我就是我呀！"

兔子也急了，说："到底是哪个我呀？"

小熊想了半天，才说："就是小熊温尼·普那个我！"

兔子拉比特这才打开门，请小熊进去。兔子告诉小熊，在森林里一个人不能不谨慎点。拉比特又说："见到你很高兴，想吃点什么呀？是蜂蜜面包，还是奶油面包？"

小熊本来想埋怨兔子迟迟不开门，一听有好吃的，便什么都忘了，急忙说："哪样都行！不，两样我都要！"

结果，小熊把兔子拉比特的食物吃个精光，这才心有不甘地和兔子一起出门。可是当小熊身体快要钻出洞口的时候，却被卡住了，出不去。他想往后退，又退不回去。兔子拉比特出门后，见小熊的身子刚出了一半，就不动了，忙问："你是被卡住了吧？"

"嗯，不！"小熊装着若无其事的样子，"我不过是休息休息。"

小熊憋红了脸拼命往外挤，兔子也抓住他的前爪往外拉，还是一动不动。兔子拉比特说："这都是因为……"

小熊恼羞成怒地说："前门太小了。"

"这都是因为，"兔子尖刻地说，"你吃得太多了！"

小熊矢口否认，说："不，我只是尝了一点，关键是你的前门太小了。"

没办法，兔子拉比特只好去找罗宾，请他来帮忙。罗宾来后，三个人终于想出一个好办法：等小熊瘦了以后再出来。小熊焦急地问："要等多长时间呢？"

兔子说："要一个星期左右。"

等呀等，一直等了一个星期，就在这个星期的最后一天，变得越来越苗条的小熊才被罗宾、拉比特和拉比特的所有亲戚朋友们拉出洞口。

冬天来了，地上铺满了厚厚的白雪。小猪毕格莱特正在自己家门前扫雪。小猪的家在一棵山毛榉树正中间的一座高大的房子里，山毛榉树在森林的中间。他家的屋子前面，有一块破木板，木板上写着："闲人兔"。据小猪毕格莱特介绍说，"闲人兔"是他尊敬的爷爷的名字。小猪偶然抬头时，看见小熊正低着头，踱来踱去，好像在思考什么问题。"喂"，毕格莱特上前打招呼道，"温尼·普，你在干什么呢？"

"打猎"，小熊很神秘地说，"我在跟踪一只动物。"

毕格莱特走近问："什么动物？"

小熊回答说："我也不知道，不过追上它就会清楚了。喏，看！这是什么？"

"脚印！"小猪激动得失声叫起来，"小熊，你看是不是一只黄鼠狼？"

小熊十分老成地说："可能是，也可能不是，光靠脚印是认不出来的。"

小熊继续跟踪，小猪毕格莱特也好奇地跟了上去。走着走着，小熊突然停了下来，俯身疑惑地看着地面。

小猪问："发现什么了？"

小熊说："一个有趣的现象，现在似乎有两只动物了。"

"那一定是两只黄鼠狼。"

小熊高兴了，率领小猪继续向前搜索。前面出现了一片落叶松林，看样子，这两只黄鼠狼曾围着这片松林转悠过。所以小熊率领小猪跟踪在它们后面，围着松林转圈子。为了消磨时间，小猪给小熊讲他的爷爷"闲人兔"的事情和其他有趣的故事。小熊这时在想，"爷爷"是什么样子，也许正在跟踪的，就是两个"爷爷"吧。

小熊突然喊了一声："看，又出现了一个新的脚印。"

小猪忙问："是不是又有一只新黄鼠狼？"

小熊说："不是，因为脚印不一样。很可能是两只别的动物和一只黄鼠狼。"

再往前走一阵，情况更复杂了，雪地上出现了第四行脚印。小猪有点害怕了，他怀疑他们两个能否打得过四只黄鼠狼，他推说有事先跑了。

小熊也有点害怕了，也想停止跟踪。这时头顶上传来罗宾的声音："温尼·普，你们干什么呢？"

小熊抬头一看，见是罗宾坐在树上。小熊心想，这下好了，有罗宾就不会害怕了。

罗宾说："刚才你一个人绕着树林转了两圈，接着小猪和你又转了一圈，现在你要转第四圈吗？"

小熊吃了一惊，若有所悟地抬起爪子，和雪地上的脚印对了对，一屁股坐在了地上。

"唉！"小熊懊丧地说，"我真笨！自己跟踪自己，真是一只没头脑的傻熊！"

罗宾从树上爬下来，安慰小熊说："不！你是全世界最爱动脑筋的熊。"

冬天过去了，春天来临了，整个森林里又充满了勃勃生机，所有的动物都非常高兴。可是老灰驴艾约尔独自呆呆地坐在森林的一个角落，两只前蹄撇开，头歪向一边，自个想着心事。他满腹忧愁，一会儿问自己"为什么？"一会儿又寻思"究竟怎么回事？"小熊是个热心人，他觉得应该问问。

"你好吗？艾约尔！"

老灰驴愁眉苦脸地回答道："不怎么好，总觉得好像少了点什么似的。"

小熊绕着老驴走了两圈，惊讶地问："哟，你的尾巴怎么了？"

老灰驴忙问："它怎么了？"

"它不见了。"

"真的吗？"老灰驴艾约尔前后左右地看了好几遍，发现自己的尾巴确实没了。

小熊问："你把它丢在什么地方了？"

老灰驴肯定地说："不是我丢的，是有人把它拿走了。这些人就是这么缺德。"

小熊一拍胸脯一本正经地说："艾约尔，温尼·普愿为你效劳，把尾巴找回来。"

就这样，小熊温尼·普为老驴找尾巴去了。他走过一片片树林，跨过一条条河，爬过一座座山，又累又饿的小熊终于来到一个叫"百亩林"的地方，这里住着一位万事通猫头鹰库尔。猫头鹰的家真阔气，大门上又有门环，又有一根拉门铃的绳子，门上还贴有布告。小熊又叩门环、又拉门铃。小熊看着门铃的拉绳，越看越觉得自己在什么地方见过和这根拉绳一样的东西。

猫头鹰库尔打开门，把小熊让进去，问小熊有什么事。小熊说："我的老朋友艾约尔的尾巴不见了，你能告诉我怎样才能帮他找回尾巴来吗？"

猫头鹰眨眨大眼睛说："这很好办，你先写张布告，讲明尾巴的特征，再标明报酬，张贴到森林的各个地方。"

临出门，猫头鹰让小熊看他门上贴的布告，那是罗宾替库尔写的。小熊不认字，对布告不感兴趣。猫头鹰看小熊对绳子感兴趣，得意地说："这根漂亮的绳子是我从一棵树上拽下来的。看来没有人需要它，我就拿回家了。"

小熊突然想起来了，说："有人需要它，它就是艾约尔的尾巴！"

就这样，小熊成功地找回了朋友的尾巴，当小熊把尾巴钉到老驴艾约尔的屁股上时，老驴非常快活地摇着尾巴，在森林里撒欢。

有一天，罗宾说他看见一只大象，有意思极了。小熊和小猪都没见过大象，但又不好意思说自己没见过。在回家的路上，小熊想好了一个主意，他说："我们挖个大深坑，大象一掉进去，我们就抓住他。"

小猪佩服地说："好主意！"但又一想，"那大象怎么肯跳进去呢？"

小熊笑着说："我也想出了一个好办法，在坑里放一罐蜂蜜，大象闻到香味，一定会跳进去吃。"

小猪佩服极了，忙说："你家有蜂蜜，快去拿，我来挖坑。"

小熊跑回家，从食橱的顶层拿下一个非常大的蜂蜜罐，掀开上面的纸盖，罐子里的东西看上去和蜂蜜一模一样，一闻真香，"可是你绝不能从表面辨别它。"于是把舌头伸进去，狠狠舔了一口，"不错，是蜂蜜。"他刚要抱罐子走，忽然又一想，"不行！万一光上边的是蜂蜜，底下的不是怎么办？还得再尝尝。"就这样，小熊一边走一边尝，走到小猪挖好的大坑边上时，小熊的舌头已经舔到罐子底了。

在大坑边，小熊把罐子递给小猪，小猪高兴地说："太好了，大象准会跳下来吃。咱们需要在这里等吗？"

小熊说："你真笨！咱俩都回去睡觉，明天一早再来，大象准在这里等我们了。"

于是他们把罐子放在坑底，爬出坑来，道了晚安，一起回家了。

小熊回到家，躺下呼呼就睡，天蒙蒙亮时他突然醒来。他感到浑身无力，觉得很饿，就爬起来，站到一把椅子上，伸出爪子朝食橱顶层摸去。可是什么也没摸着，"咦，真奇怪，我前天刚放在这儿一大罐蜂蜜，怎么不见了？真奇怪。"小熊拍了拍脑袋思考起来，"对了"，他终于想起来了，他把蜂蜜放进"陷阱"捉大象去了。小熊躺在床上，想到："不好，大象要是真的去了，我的蜂蜜不就全完了吗？"越想越忍耐不住，他急忙从床上跳起来，冲出屋子，朝大坑跑去。

松树林子里阴森森的，那个大坑看上去更深了，蜂蜜罐子还完好地放在坑里。小熊跳下大坑，当他把鼻子伸进罐子时，叫了起来："糟糕！蜜怎么这么少？有只大象一直在吃蜂蜜来着。我得看看还剩多少蜂蜜了。"小熊拼命把头伸进罐子，舔着罐底的那点儿蜂蜜。舔着舔着，他想起来了，"噢，不是大象吃了，是我昨天给尝光了。"

这时，小猪毕格莱特来了，他也要看看大象到底来了没有。他边跑边想："大象究竟长什么样？他对我们小猪是什么态度？他挺凶吗？"起初他觉得陷阱是不会有大象，后来听到有声音，知道坑里确实有大象。小猪有点儿害怕，想跑开，可又想看看，就爬到坑边，往下看，"呀！大象真来了。"

小熊已经把罐子底舔干净，此时正拼命往下摘罐子，可是怎么也摘不下来，他越使劲摘，罐子就套得越紧。于是他站起来，试着把罐子朝周围的东西撞去，同时发出绝望悲伤的叫喊。

小猪一看大象长得这么可怕，声音那么吓人，急忙回身便跑。他吓坏了，大喊起来："救命！可怕的大象来了！可怕的大象来了！"

罗宾听到喊声赶来，和小猪一起来到坑边。罗宾朝坑里一看，哈哈大笑起来。这时，"大象"的头猛地朝坑边一撞，"哗啦"一声响，"大象"的头碎了，小熊的头却露出来了。

小猪毕格莱特见坑里的那个怪物并不是大象，为自己的胆小感到难为情，就回家躺在床上，装起头疼。小熊从坑里爬出来，揉揉鼻子回家了。

这一天，老驴艾约尔又悲伤了，他一个人站在河边闷闷不乐，望着自己在水中的倒影叹气。小熊从他背后的蕨丛里走出来。

"早上好，艾约尔！"

"早上好，小熊温尼·普。"

小熊忙问："老朋友，你好像很忧伤啊。"

老驴说："没什么。今天是我的生日，可没有礼物，也没有蛋糕，还没有……不过，我们大家不可能都愉快。"

好心的小熊一听受不了了，他觉得自己应该马上给可怜的老驴搞到一份礼物，他说了一声："你等一会儿。"便朝自己家跑去。

小熊在自己家门口，看见小猪毕格莱特正一蹦一蹦地够门环。小熊说："你好，毕格莱特。"

小猪回答道："你好。"

小熊又问道："毕格莱特，你在干什么呢?"

小猪说："我在够门环。"

小熊说："够不到门环啊? 我来帮你。"

小熊抱起小猪，小猪使劲地拍打门环，可是敲了半天，里面还是没人答应.

"怎么搞的，这家主人怎么还不出来迎接客人?"小熊生气了，他伸出一只手使劲拍门。

小猪突然不拍了，说："别拍了，这不就是你家吗?"

小熊一下子怔住了，脸唰地一下全红了。小熊忙解释说："为给老驴找生日礼物，我有点忙昏头了。"

他们俩一进屋，小熊便坐下想送什么礼物最合适。想来想去，还是送蜂蜜最好。他拿出一罐蜂蜜，对小猪说："这是我昨天才搞到的蜂蜜，我想这是给艾约尔过生日的最好礼物。"

小猪连连说对，小熊又用询问的口气说："毕格莱特，老驴过生日，你不打算送点礼物给他吗?"

小猪说："当然要送! 我想也送蜂蜜，就送这罐，算咱俩合送的，行不行?"

小熊听小猪这么说，很生气，就说："你这个主意很不好。"

小猪也生气了，说："不行就算了，我要送艾约尔一个大礼物，不像你这么小气，只给一个小罐子。我要送他一个大气球。"说完，小猪就一摇一摆地走了。

小熊抱着蜂蜜罐子朝河边走去。走着走着，突然一种奇怪的感觉侵袭到他全身，肚子也咕咕叫起来，"对，该吃午饭了。"于是，他坐下来，"幸好我带着蜂蜜。"他自言自语地说："别的熊就不会像我这么聪明喽。"说完便开始吃起蜂蜜来。当他舔完罐子里最后一口蜜时，小熊觉得有点儿不对劲，"我这是去哪里呀？噢，想起来了，我要去给老驴送蜂蜜。"

小熊想到这里，乐了，多聪明，不论什么事，一想就想起来了。他拿起蜜罐刚要迈步，才意识到，他把要送给老驴的生日礼物都吃光了。"真糟糕！蜜都被我当午饭吃了。"他一屁股坐在地上，动脑筋思考起来。终于，小熊又想出一个办法，把罐洗干净了，"就送给老驴这个罐，这个罐子多漂亮啊！"他还找到猫头鹰库尔，求猫头鹰用铅笔在罐子上写几个字，是祝生日快乐的意思。

这时，小猪毕格莱特也捧个大红气球朝河边跑。他想，老驴艾约尔要是见到这么大个生日礼物该多高兴啊！我得快点跑，一定要赶在小熊之前，成为第一个送礼物的人。小猪拼命地跑，越跑越快，把气球抱得紧紧的，生怕它被风吹走。突然，他的一只脚踩进兔子洞里，扑通一下朝前摔了一个狗吃屎。只听得"砰！"地一声巨响。小猪趴在地上，不知发生了什么事，开始以为是整个世界都爆炸了，接着他认为可能是自己爆了。过了半天，他才抬起头，"咦，怎么回事？那砰地一响从哪来的？平时我摔跤没有这种响声啊。"

小猪向四周仔细看看，"哎呀，我的气球呢？怎么只剩下这块湿乎乎的东西了？"小猪伤心极了。但是后来又一想，光在这里伤心也没有用，还是去找老驴吧。

"说不定老驴还不喜欢气球呢！"小猪拣起气球碎片，站起身，又朝前走去。

小猪来到小河边，看见老驴说："祝你生日快乐，艾约尔！"

老驴高兴极了，说："什么？祝我生日快乐？谢谢！非常感谢！"

小猪说："我还给你带来一个气球。"

老驴一听，更高兴了，说："太好了！我最喜欢气球了。来，咱俩玩气球吧。"

小猪又难过起来，用很小的声音说："可我太抱歉了，在路上我不小心摔了一跤，把一个像我一样大的气球摔破了。"他递给老驴艾约尔一块潮湿的碎片，说："给，这是我送给你的生日礼物！"

正在这时，小熊也赶到了，他抱着罐子高喊道："艾约尔，你看我送给你的生日礼物。"

老驴说："我已经有生日礼物了！"

小熊说："你看，罐上还写着'温尼·普祝你生日非常快乐'。这是个有用的罐子，可以用来装东西。"

小猪接着说："装东西？对！就用它装我的气球。"

小熊快活地说："我给了你一个可以装东西的罐子。"

小猪也快活地说："我真高兴，我给了你一件可以放进罐子里的东西。"

老驴艾约尔更加高兴。小熊和小猪看老驴十分认真地用牙把气球碎片衔起来放进罐里，再衔出来，都高兴地喊起来："嘿，真好玩！"

就在这时，森林里来了两位客人：袋鼠康佳和她的女儿囡囡。小熊温尼·普、小猪毕格莱特和兔子拉比特对森林里多了陌生人，都不大高兴。兔子认为，最好的办法是把小袋鼠偷来藏好，等大袋鼠来问，大家就说："啊哈！"意思是只要你答应离开森林，并且永不回来，我们就把小袋鼠还给你。

于是，他们分头行动，小熊同袋鼠妈妈讲话，分散她的注意力；兔子负责偷走小袋鼠，迅速跑开；小猪长得矮小，钻进大袋鼠的口袋里，使大袋鼠以为小袋鼠没丢。

在一个宁静的下午，袋鼠妈妈康佳正带着小袋鼠囡囡在洒满阳光的沙丘上玩儿。小熊、小猪和兔子来了，正像他们计划的那样，小熊跟袋鼠妈妈讲起话来，兔子抱走了小袋鼠，小猪跳进了袋鼠妈妈的口袋。

小猪在袋鼠妈妈的口袋里学小袋鼠的声音哼了几声。康佳说："好了，我们该回家了。"说完，她一跳一跳地就回家了。到家以后，袋鼠妈妈马上发现了这件事，她心里想："好吧，既然他们跟我开玩笑，我也和他们开开玩笑。"

康佳一边把小猪从口袋里抱出来，一边说："来吧，囡囡，该睡觉了。"

小猪吓坏了，他不知道康佳会怎样对待他，他鼓起勇气，勉强叫了一声"啊哈！"

康佳好像没听懂小猪说"啊哈"的意思，她继续说："今天是不是应该洗个冷水澡？乖孩子，你喜欢洗冷水澡吗？"

小猪可从来不喜欢洗澡，一听说袋鼠妈妈要给他洗冷水澡，吓得浑身发抖。他连忙说："康佳太太，我是小猪毕格莱特。"

袋鼠妈妈假装糊涂，说："乖孩子，又在模仿小猪的声音了，真聪明。"

小猪被袋鼠妈妈按在澡盆里，浸得浑身湿透，又擦肥皂，又是搓洗，洗得干干净净了，才被抱出来。康佳太太用毛巾给他擦干身子，又拿来药片让他吃，把小猪吓得结结巴巴，都说不出话来了。

就在这时，传来了敲门声。小熊和兔子带着小袋鼠囡囡来了，他们要把小猪换回去，把小袋鼠还给她的妈妈，并和她们交朋友。就这样，他们共同生活在森林里，生活得都很愉快。

有一天，罗宾对小熊说，他要带领大家去北极探险，让小熊通告大家，带上吃的东西，到他这里来集合。小熊搞不懂什么叫"北鸡"，也不明白"贪鲜"是什么意思。但他一听让别人带上好吃的东西而不是让他带，心里非常高兴，马上说："我这就去。"

小熊遇到的第一个朋友是兔子拉比特，他说："拉比特，带上好吃的东西和罗宾一起去贪鲜。"

小兔没听懂，问："什么贪鲜？"

小熊说："笨蛋，贪鲜就是去发现一只鸡，你连这都不懂啊！快点，到罗宾家集合。"

说完，小熊就走了。他见到小猪时，又告诉小猪说："毕格莱特，带上好吃的和罗宾去贪鲜，去发现一种东西。"

小猪也不明白，小熊便解释说，是去发现一只北鸡。就这样，小熊又通知了老驴艾约尔、袋鼠妈妈和她的女儿，还有猫头鹰库尔。

大家在罗宾家集合之后，排着队，罗宾带着他们整整走了一上午。在河边的一小块平地上，罗宾下命令说："停止前进！现在开始吃各自带的干粮，一会好轻装前进。"

大家都坐下来吃自己带的东西。小熊什么也没带，只好坐在一边生气，他嘟嘟囔囔地说："不是说让他们带吃的吗？现在怎么变成各自带吃的了呢？害得我什么也没带。"

是罗宾给了小熊一块大饼干，小熊才高兴地坐在一根杆子上吃起来。罗宾和小熊边吃边琢磨，原来想要发现的是什么来着？最后罗宾想起来了，是北极（pole），对了就是杆子（pole）。突然传来袋鼠康佳的惊叫，原来是小袋鼠掉进河里了，康佳、艾约尔、拉比特和毕格莱特慌成一团，库尔也帮不上忙。还是小熊机灵，他马上抓起屁股下边的杆子，伸给小袋鼠囡囡，把小袋鼠救了上来。

罗宾突然激动地宣布："朋友们，我们伟大的探险成功了！小熊温尼·普发现了北极!"

大家一起欢呼起来,他们把杆子插在地上,杆上挂个牌子,上面写着:"北极。发现者,小熊温尼·普"。

就在这天晚上,天开始下雨,而且越下越大,小熊躲在树杈上,把10罐蜂蜜吃光了,雨还没停。小熊有点发愁了。正在小熊动脑筋,想办法时,一个瓶子漂过来,瓶里装着一封信。小熊不识字,就骑上一只空罐子,朝罗宾家开去。

罗宾家住在山冈上,地势高,非常安全,但他很为朋友们担忧。他见小熊来了,非常高兴,但读了那封信,便着急地说:"不好,小猪危险,应该马上去救他,可是外面水这么大,怎么去呢?"

小熊说:"坐我的船去。是我刚建好的'漂浮的小熊号',你看就在那儿。"

罗宾向外一看,说:"嘿,你真是爱动脑筋的聪明的小熊!"

小熊听罗宾夸奖他,很得意,可他又一想,不行呀,这船太小,只能载一个人。这可怎么办呢?"

突然,从小熊聪明的脑袋里跳出一个绝顶聪明的主意:"我们坐你的雨伞去!"

罗宾一听,恍然大悟,说:"小熊,你真是一个伟大的天才,我给这艘船起个响亮的名字,就叫'天才小熊'号!"

他们把雨伞倒着放在水面上,两人坐进去,雨伞就像跳圆舞曲似的,姿态优美地旋转着向小猪家驶去。

小猪正不抱多大希望地趴在窗口上,听猫头鹰给他讲一个很长很长的故事。就在这危急的时刻,"天才小熊"号及时赶来,救出了小猪,使他从洪水包围中逃生。

第二天,在罗宾家门前的草地上,举行了一个非常盛大的宴会。老驴艾约尔、猫头鹰库尔、小猪毕格莱特、兔子拉比特、袋鼠康佳和囵囵、以及兔子拉比特的所有亲戚和朋友，当然缺不了主人罗宾和贵宾小熊温尼·普。

一张长长的桌子上摆满了牛奶、蛋糕等各种好吃的东西。主人罗宾还发表了演说。

罗宾说："朋友们，这次宴会是为了表彰小熊温尼·普的无畏勇敢和无比天才的智慧而举办的。我还准备了一份礼物，代表大家送给小熊。"

罗宾的礼物，是一个印有小熊图案和天才字样的文具盒。里面有许多铅笔，铅笔上的"B"是"熊"的缩写字母，铅笔上的"HB"是"助人为乐的熊"的意思。

大家围着小熊一起欢呼，小熊也幸福地笑了。

（赵大军　缩写）

小老鼠历险记

〔苏联〕比安基　原著

　　刚出生还不过两个星期的小老鼠比克被两个孩子捉住了。妹妹看它那么小，请求哥哥放了它。哥哥便把小老鼠放到一只松树皮做成的小帆船上。

　　小老鼠在松树皮做的小船上漂呀漂的。风推着小船，离开河岸越发远了。周围汹涌着高高的水浪，广阔的河面，在小老鼠比克看来，简直像是一个大海洋。

　　整个世界在对付它。风吹着，像是一定要吹翻那小船，水浪打击着小船，像是一定要把它沉到黑黝黝的河底去。兽、鸟、鱼、爬虫——一切都在对付着它。每一种东西，对于这只无知的毫无自卫能力的小老鼠，都是不利的。

　　几只大白鸥，首先看到了比克。它们飞了下来，在小船上面尽兜着圈子。它们愤怒得叫起来，因为不能够一下子结果这小老鼠的性命。它们怕飞下来碰着硬邦邦的树皮，反而伤害了自己的嘴巴。有几只落到水面上，游泳过来追赶那小船。

　　一条梭鱼从河底浮上来，也游在小船的后面。它正等候着白鸥把小老鼠推到水里来。到那时候，它就可以不费气力，吃到那小老鼠了。

比克听到白鸥狡猾的叫声，它闭上了眼睛，在等死。

正在这个时候，从后面飞来了一只狡猾的大鸟——捉鱼吃的白尾鹯。白鸥就立刻四散地飞开去了。

白尾鹯看到小船上的小老鼠，和跟随着游在船边的梭鱼。它就放下翅膀，向下直冲。

它冲到河面上，正好冲在小船的旁边，翅膀的尖端触碰着了帆，小船就给它撞翻了。

白尾鹯的爪里抓住梭鱼，好容易从水里飞升起来的时候，在翻了的小船上面已经什么也没有了。

比克没有学习过游泳，它一落在水里以后，为了不沉下去，它只知道应该把四只脚摇动，它浮上来，用牙齿咬住了小船。

它和翻了的小船，一起漂流着。

不多一会，水浪把小船推到一处陌生的岸边。

比克跳到沙滩上，很快地钻进灌木丛里去了。

比克被水浸得浑身湿透。它用自己的小舌头来舔毛。不一会，毛全干了，它觉得了温暖。

它想吃。可是走到灌木丛外面去，它又害怕，从河边传来了白鸥的尖锐的叫声。

因此，它就整天挨着饿。

天终于黑起来了，鸟都睡着了。只有啪啪地响着的水浪，还在冲击靠近的河岸。

比克小心地从灌木底下爬出来。

它一看，什么人也没有。它就像一个小黑球似的，急急忙忙地滚到草里。

它拼命找食，只要它眼睛里看得到的叶子和茎，它都去吮来吃，可是里面并没有奶，它恨得用牙齿把它们咬断或嚼碎。忽然，有一种温和的汁水，从一根茎里淌出来，流到了它的嘴里。汁水是甜的，正跟妈妈的奶一样。

比克把这根茎吃掉，接着，就去寻找别的同样的茎。它真饿得慌，连环绕着它的一切，它也一点没有看到。

在高高的草的上空，已经升起了圆圆的月亮。敏捷的黑影毫无声息地在天空掠过：这是敏捷的蝙蝠，在追逐夜飞的蝴蝶。

在草里，到处可以听到轻微的吱吱喳喳的声音。有的在那儿移动，有的在灌木丛里走来走去，有的在蔓草里跳跃。

比克正在吃。它把茎一直啃到地上，茎倒下来，冷冷的露珠，滴在小老鼠的身上。

在倒下来的茎的顶头，生长着小穗，这是很好吃的，现在给比克找到了。它坐了下来，两只前脚跟手一样地举起茎来，很快地把穗吃掉了。

"嚓啪！"在小老鼠不远的地方，有种东西碰在地上。

比克不啃了，仔细地听。

草里在"嚓啪""嚓啪"地响。

有一种活东西在草里，一直向着小老鼠跳过来。

比克正想赶快向后转，跑进灌木丛林里去。

"嚓啪！嚓啪！"四面八方都在传过声音来。

"啪！"声音在前面已经很近了。

有一种活东西，它那长长的排开的脚在草上急急地跳动。

"啪！"的一声，一只眼睛凸出的小青蛙，落到了地上，正好落在比克的鼻子前面。

它慌慌张张地盯住小老鼠。小老鼠又奇怪又害怕地在看它光滑的皮肤……它们面对面地坐着，谁也不知道，以后应该怎么办。

四周和以前一样，响着"嚓啪！""嚓啪！"的声音——整整的一群小青蛙，刚从不知什么东西嘴里逃出命来，在草里一蹦一跳。轻微急速的

"悉索""悉索"的声音，越来越近了。

一刹那，小老鼠看到在一只小青蛙后边，一条银灰色的蛇，拖着又长又软的身子。正在爬袭过来。蛇向着下面爬，一只小青蛙的长长的后脚，还在它张大的嘴里抖动。

以后怎样，比克并没有看见。它急忙跳开去，连自己也不知道，它已经蹲在离地面很高的一棵灌木的树枝上了。

它在那儿度过这一夜的其余的时间，它的小肚皮给草擦痛得着实厉害呢。

比克不再担心挨饿了，它已经学会了自己怎样去找食吃。可是，它又怎么能够独个儿抵御所有的敌人呢？

老鼠们总是聚族而居的，这样就比较容易抵御敌人的侵袭。谁发觉了一个走过来的敌人，只要吱的一声，大家就躲起来了。

比克只是独个儿。它需要赶快找到别的老鼠，跟它们生活在一起。比克就出发去寻找。只要它受得住，它总是尽力挨着灌木攀过去。这地方，蛇实在太多了，比克不敢爬到地下来。

它的爬树本领学得真不错，尾巴帮了它不少忙，它的尾巴又长又软，能够攀得住树枝。它靠着这样的一只钩子，能够在细枝上攀来攀去，并不比长尾猴差。

从大枝到大枝，从小枝到小枝，从树到树——比克接连三夜这样地攀缘过去。

到末了，灌木完了，再过去是草原。

比克在灌木丛里，并没有遇到老鼠，应该在草地上跑过去。

草原是干燥的，蛇是不会有的。小老鼠胆大起来，连白天也敢走路了。现在它碰到了什么吃的，都吃：各种植物的籽和根茎，硬壳虫，青虫，小虫。不久，它又学会了一种逃避敌人的新法子。

事情是这样的：比克在地里挖到一些硬壳虫的子虫，它用后脚坐起来，一边细细地在咀嚼。

太阳明亮地照着，蚱蜢在草里跳来跳去。

比克看到在远远的草原上面，有一只小野雁，可是比克并不害怕。野雁——一只比鸽子稍稍小一点的鸟——不动地挂在天空里，正好像挂在绳子上一样。只有它的翅膀，稍稍的在一动一动，它的头在一边一边的转。

小老鼠并不知道，野雁的眼睛是多么厉害。

比克的小胸膛是白色的。它坐着的时候，在褐色的地上，老远都看得到它的小胸膛的。

当比克知道危险，野雁已经一下子从上面冲下来了，像箭一样地向它扑过来。

要逃跑，已经嫌迟了。小老鼠的脚吓得动弹不得，它把胸膛紧贴在地上，几乎连知觉也失掉了。

野雁飞到小老鼠那儿，突然又飞回到天空，尖尖的翅膀差一点碰到比克。野雁怎么也不明白，小老鼠到底躲到哪儿去了。它刚才只看到小老鼠的又白又亮的小胸膛，忽然又没有了。它紧紧地盯住小老鼠坐着的那块地方，可是只看见褐色的泥块。

比克却仍旧躺在那儿，仍旧在野雁的视线里面。

原来它背上的毛是褐黄色的，跟泥土的颜色差不多，从上面望下来，怎么也不能发现它的。

一只绿色的蚱蜢，刚好从草里跳出来。

野雁冲下来，抓住它就飞，一直飞远去了。

保护色救了比克的性命。

它从这个时候起，一发觉远处有敌人，就马上把身体紧贴在地上，躺着，一动也不动。保护色就会发生它的作用，瞒过了顶顶锐利的眼睛。

比克天天在草原上跑，它找遍了所有的地方，找不到一点老鼠的踪迹。

它整夜地跑。到了早晨，它躺在一棵大灌木下面，睡起觉来。

洪亮的歌声把它吵醒了。比克从树根下面望上去，看到在它自己的头顶上，有一只美丽的小鸟——粉红色的胸膛，灰色的头和褐红色的背脊。

小老鼠很喜欢听小鸟快活的歌声。它想靠拢去欣赏那歌唱家，它就爬上灌木去，靠近小鸟那儿。

无知的小老鼠并不知道，这是一种赤背贝鸟，它虽是一只会唱歌的鸟，却是专门干抢劫的勾当。

赤背鸥扑到它身上，小嘴啄痛了它的背脊，比克几乎昏了过去。

比克受到猛烈的袭击，就从树枝上跌下地来。

它跌在柔软的草上，并没有受伤。赤背贝鸟飞下来，再扑到它身上去，时间已经来不及，因为小老鼠早已钻进树根底下去了。

狡猾的赤背鸥强盗，坐在灌木上等着，比克是不是再从树根底下出来。

比克现在坐的地方，可以清清楚楚地看到赤背鸥坐着的那棵灌木。

这棵灌木的树枝上，满生着尖尖的长刺。

刺的上面，好像枪上的刺刀一样，插着吃不完、留下来的死的小鸟、蜥蜴、小青蛙、硬壳虫和蚱蜢。这是强盗的空中食库。

小老鼠如果从树根底下出来，它也会被插到刺上去的。

赤背鸥整天地守候着比克。直到太阳下山的时候，强盗才到树林里去睡觉了。小老鼠也就轻轻地从灌木底下钻出来，拔脚就跑。

现在比克是在一个干掉的池塘里跑。

这里长的完全是干枯的苔草，很不容易在苔草里跑路，主要的原因是没有什么来充饥。

第二天夜里，小老鼠一点气力都没有了。它勉强挣扎到一个小丘上，跌倒了。它的眼睛黏得睁不开来，喉咙里干得要命。它躺下来，舔舔苔草上面冰冷的露水，稍稍润一润喉咙。

天开始亮了。比克从小丘上远远地看到长满苔草的山谷，后面又是草原。那些滋润的草，长的高得像一座墙。可是小老鼠已经没有气力起来到草地那儿。

比克觉得它要完蛋了。它用尽仅有的力气，爬过去，可是马上倒了下来，从小丘上滚了下去。它的背先落地，四脚朝天，现在看到面前只有一个长满苔藓的小丘。

在小丘里，有一个深的墨黑的小洞，直对着它，可是小洞很狭窄，连比克的头也钻不进去的。

小老鼠比克看见洞的深处，有个什么东西在动。

一会儿，洞口出现了一只胖胖的毛茸茸的山蜂。它从小洞里爬出来，用脚搔搔圆圆的肚皮，拍拍翅膀，飞到天空中去了。

山蜂在小丘上面兜了一个圈子，向着它的小洞飞回来，在洞口降落。它在那儿站着，用它的坚硬的翅膀做起工来，风一直吹到小老鼠的身上。

这只山蜂，是山蜂的号手。它把新鲜的空气赶进深长的小洞里去——给洞里换点空气——同时叫醒旁的还在窝里睡觉的山蜂。

一会儿，所有的山蜂，一个跟着一个的从小洞里爬出来，飞到草原里去采蜜，号手最后一个飞去。只剩下了比克独个儿，它已经懂得，为了活命，它应该怎么做。

它用前脚拼命地爬过去，到了山蜂的小洞口。香甜的气息，从那儿冲到它的鼻子里。

比克用鼻子来撞泥土。泥土落下来了。

它接连地撞，一直到挖出一个洞来。洞底下是灰色蜡做成的大蜂窠。在有些蜂房里，躺着山蜂的子虫；还有些蜂房里，尽是香气扑鼻的黄蜜。

小老鼠贪馋地舔着甜蜜的食品。它舔完了所有的蜜，就转到子虫身上去，把它们活生生地吃掉了。

它身上的气力马上恢复过来，自从离开妈妈以后，它从来没有吃过这样饱饱的一顿。它还是把泥土挖过去——现在已经用不到费力了——找到所有又是蜜、又是子虫的新蜂房。

蓦地里，不知道什么东西在它脸颊上面刺了一口。比克跳开去，一只大母蜂从地下向着它爬过来。

比克想要向它扑过去，可是山蜂的翅膀，在它头上发出嗡嗡的声音：山蜂们从草原里回来了。它们整群的军队向着小老鼠冲过来，它一点儿没有办法，只得拔脚就跑了。

比克四脚齐跳地逃开它们。生在它身上的严密的毛，替它挡住了山蜂们厉害的针刺。可是山蜂拣它身上毛生得稀少的地方来刺，刺它的耳朵、脚、额角。

它一口气飞一样地跑到草原，就躲在丛密的草里。

山蜂也就放松了它，回到它们的遭过抢劫的窠里去了。

比克来到的一个岛上，是没有人的；岛上连老鼠也没有。只有鸟、蛇和蛙住在那儿，因为它们要越过一条宽阔的河，是满不在乎的。

比克不得不在敌人的包围里，独个儿生活。

比克虽然只不过是一只小老鼠，可是它所做的，正好跟鲁滨孙一样：第一件事情，它要盖起一所屋子来。

没有谁教过它盖屋子，这本领是在它血统里面的。它盖得跟所有和它同种的老鼠一模一样。

在沼地上，长着高高的芦苇，中间夹着菅草——这些芦苇和菅草，是给老鼠做窠顶好的材料。

比克拣了几枝并排长着的小芦苇，爬到它们上面，咬掉顶上的一段，再用牙齿把上端咬得裂开。它是又轻又小，所以草能够轻松地把它支撑得住。

它再去找寻叶子。它爬上菅草，把茎上的叶子咬断。叶子掉落下来了，小老鼠就爬到下面，两只前脚举起叶子，用牙齿咬紧来撕。小老鼠把叶子上满是纤维的筋衔到上面去，平平地把它们嵌在裂开着的茎的上端。它爬上同样细的芦苇，把它们压倒在它底下，把它们的上端，一个一个地连接起来。

结果，它有了一所轻轻的、圆圆的小屋子，很像一个鸟窠。整个屋子，跟小孩子捏成的拳头那么大小。

小老鼠在屋子旁边，做成一个出口，屋子里铺着苔草、叶子和细小的草根。它用柔软温暖的花絮，做成一张床。这个卧室做得好极了。

现在比克已经有休息、躲避风雨和敌人的地方了。这个草窠，隐藏在高高的芦苇和丛密的菅草里，就是顶顶锐利的眼睛，从远处也不会发觉的。没有一条蛇能够爬到窠里来，它悬挂在半空，离开地面多么高呀！

日子一天一天地过去。

小老鼠平平安安地住在自己的空中小屋里。它已经长足了，可是长得很小。

现在，比克常常好久不在家里。天热的日子，它在离开草原不远的一个池塘里洗澡。

有一次，它晚上从家里出去，它在草原里找到两个山蜂窠，吃饱了蜂蜜，躺在那儿的草里，睡过去了。

比克一直到早晨才回家去。它在窠的下面，已经发觉情形有些不妙。一条宽的黏液，粘在地上和一根茎上，一条肥肥的尾巴，伸出在窠的外面。小老鼠这一吓，真是非同小可。这条光滑肥胖的尾巴像是蛇，蛇的尾巴是硬的，还有鳞；可是这一条是光的，软的，全是黏液的。

比克鼓起勇气，沿着茎爬得靠近一些，去看看这一位没有邀请的客人。

这个时候，尾巴缓缓地在转动，吓得要命的小老鼠马上滚到了地上。它躲在草里，从那儿看到，这一个怪东西懒懒地从它屋子里爬出来。

小老鼠看到它慢吞吞地爬出来，原来是一条大蜗牛。大蜗牛向着地面爬下来。它柔软的肚皮平平地贴在茎上，就留下了一条宽的黏液。

比克没有等它爬到地上，早已溜走了。柔软的蜗牛是不会为难它的，可是小老鼠讨厌这个迟钝的、满身黏液的动物。

过了好几点钟，比克才回家。蜗牛已经爬到不知那儿去了。

小老鼠爬到自己窠里，那儿都是黏着讨厌的黏液。比克把所有的苔草丢掉，铺上了新的。铺好以后，它才去躺着睡觉。

从此，它从家里出去，老是用一束干草，把门口堵住。

日子短起来了，夜里格外的冷。

野草的籽成熟了，风把它们吹落在地上，成群的鸟也飞到小老鼠住的草原上来衔草籽。

比克吃得很饱，它一天一天地胖起来，它的毛亮得发光。

现在，这一个四只脚的鲁滨孙，替自己造了一间贮藏室，在里面贮藏着过冬的食粮。

它在地里挖了一个小洞，洞底比较宽大一些。它把草籽放进去，好像放在地窖里一样。

天老是下雨。地面软起来了，草枯黄了，湿透了，倒了下来。比克的草屋坠下来，现在挂在离地面没有多高的地方，里面发起霉来了。

比克决定搬到地下去住。它再也不怕蛇会爬到它洞里来，或是坐立不安的蛙会来吓它，蛇和蛙早躲到一个地方去了。

小老鼠在小丘下面，挑选了一处干燥和清静的地方来做窠。比克在避风的一面，筑了一条通到洞里去的路，使得冷风吹不进它住的地方。

从进口的地方，有一条长长的直廊。直廊的尽头开宽一些，成了一个圆形的小房间。比克把干燥的苔草拖到这里——替自己筑成了一间寝室。

在它新的地下寝室里，既暖和、又舒服。它从地下寝室里，开挖出去通到地窖去的路，使自己用不着出来，就能够跑过去。

鸟再也不飞到草原上来啄草籽了。草紧紧地贴在地上，冷风自在地在岛上吹来吹去。

在那个时候，比克发胖得吓坏人。它身上感到多么的没力，它越发的懒洋洋了，它很少从洞里爬出来。

有一天早晨，它看到它的房间的进口被塞住了。它咬开冰冷松脆的雪，走到草原上来。

冰冻的日子到了。

比克老是没精打采地想睡觉。它现在常是两三天不从寝室里出去，老在睡觉。它一醒过来，就走到地窖里去，在那儿吃一个饱，又是一睡好几天。

它压根儿不到外面来了。

它在地下真舒服。它把生着柔毛的身子，蜷成温暖的一团，躺在软软的床上。它小小的心房跳得越发的慢，越发的轻，呼吸越来越轻微，一个甜蜜的长时间的睡眠，根本把它征服了。

比克睡得很安静，因为它有整整的两个地窖的草籽。可是它没有想到，一个多么突如其来的不幸，马上要落到它身上。

一天晚上，比克在它的洞里醒过来了。小老鼠在睡梦中感觉到，有一样沉重的东西压在它背上，寒冷立刻就侵入到它的毛里。

比克完全醒过来以后，它已经冷得发抖。泥和雪从上面掉在它身上，它的天花板坍下来了，走廊被堵塞住了。

一分钟也慢不得，应该到地窖里去，赶快吃饱草籽，吃得饱了会温暖一些，寒冷冻不死吃饱的动物。

小老鼠跳上去，踏着雪，向着地窖口跑过去。

雪的周围，都是狭窄的深的小坑——羊的蹄印。比克老是跌到小坑里，爬上来，还是掉下去。

当它到了它的地窖那个地方，它看到那儿只有一个大坑。

羊不但把它的地下室破坏了，还吃掉了它所有的存粮。

比克在坑里总算还挖到了一些草籽，这是羊蹄把它们踏到雪里的。

食料给了小老鼠不少力气，还使它温暖。它又懒懒地想睡觉了。可是它明白：睡觉——准会冻死。

比克把自己贪懒的念头打断，拔脚就跑。

到哪儿去呢？这连它自己也不知道。光是跑，任着性子跑过去。

小老鼠跑到河岸，停下来。河岸是陡峭的，峭壁下面是一片墨黑的阴影。前面却是一条宽阔的冰冻的河，在发着亮光。

回去——那将是冻死和饿死。前面或许有一个地方，有食料和温暖，比克就向前跑去。它走到峭壁的下面，离开了那个岛。

可是一对凶恶的眼睛，已经把它发现了。

它还没有跑到河中心，一个迅速的毫无声息的阴影，早在它后面追赶过来。就是这个阴影，轻快的阴影，它也是转过身来才看到的。它并没有知道，到底是什么东西在它后面追过来。

阴影罩住了小老鼠。钩一般的爪抓住了它的身子，痛得要命。不知道是什么东西重重的啄在它的头上。比克连知觉也失掉了。

比克在漆黑里苏醒过来。它躺在一种又硬又不平的东西上面。头和身上的创伤痛得很厉害，可是它感到温暖。

它舔完自己的创伤，它的眼睛慢慢的对黑暗习惯起来了。

它看到，它是在一个宽阔的地方，圆的墙壁向上面伸展过去。看不到天花板，只在小老鼠的头顶上，有一个大洞开着。朝霞的光线还是十分黯淡，透过这个洞，射到这个地方来。

比克一看它躺在什么东西上面，就马上跳了起来。原来它躺在死老鼠的身上。老鼠有好多只，它们都已僵硬了。

恐怖给了小老鼠力量。比克沿着笔直的粗糙的墙壁爬上去，看看外边。

四周只有积满着雪的树枝。树枝下面可以看到灌木的树顶。

比克自己是在树上：正从树洞里面望出去。

原来是一只树林里的大耳朵的枭，在河里的冰上追它，枭用嘴啄住它的头，用爪抓住，带到树林里来的。

真是幸事，枭已经吃得很饱：它刚捉到一只兔子，吃得够饱。它的肚子已经装满，里面连一只小老鼠的地方也容纳不了。它就决定留下比克贮藏起来。

枭把它带到树林里，扔在自己的贮藏室的树洞里面。枭还是从秋天开始，就把几十只死老鼠放到这儿的。冬天寻食总是困难，连这种狡猾的夜强盗——枭，也会时常挨饿的。

自然喽，它并没有知道小老鼠只不过昏了过去；如果不是这样，它准会马上用它锐利的嘴，啄碎小老鼠的头骨的。它老是一下子就结果了老鼠的命。

这一次，比克真是幸运得很哩。

比克平平安安地从树上爬下来，钻进灌木丛林里去了。

直到现在，它才觉察到，它的身上有点不好过：它的呼吸从喉咙里发出尖锐的声音。虽然并不是致命伤，可是枭的爪把它的胸部抓伤了，因此在快跑以后，就发出尖锐的声音来。

它休息了一会，呼吸正常起来，尖锐的声音就没有了。小老鼠吃饱灌木上苦涩的树皮，重新跑向前——远远地离开这个恐怖的地方。

比克跑到草原上，在围墙后面，那儿耸立着一幢有冒烟的烟囱的大屋子。一只狐狸已经发现了它的脚印。

狐狸的嗅觉是非常敏锐的。它马上知道，小老鼠刚刚跑过去，就在后面追它。

比克并没有知道，狐狸正跟着它的脚印在追赶它。所以两只大狗从屋子里叫着，向它跑过来的时候，它以为自己是完蛋啦。

可是狗，实实在在的，并没有发觉它。它们看到从灌木丛林里跳出来追它的狐狸，就向着狐狸扑过去了。

狐狸一下子转回过去。它的火一样的尾巴，只闪了一闪，就在树林子里不见了。狗在小老鼠的头上跳过去，也跑进了灌木丛林。

比克并没有出一点事故地到了屋子里，钻到地下室里去了。

比克在地下室里首先觉得的，是一股浓厚的老鼠的气味。

每一种动物有它们自己的气味，老鼠靠气息来辨别彼此，正好像我们靠外貌来辨别人一样。

因此比克知道，那儿住的老鼠，并不是跟它同种。可是都是老鼠，比克也是一只小老鼠。它对它们高兴极了，正好像鲁滨孙从他的荒岛上回来遇到人，十分高兴一样。

（云帆　缩写）

小山羊历险记

〔法国〕维尔德拉克　原著

　　淅沥淅沥下着4月的小雨。一只黑色小公羊和三只小花母羊被拴在木桩上，在凄凉的小雨中咩咩地抽泣，它们还没有断奶，就被屠夫科苏买来，准备明天宰掉。

　　湿漉漉的村路上走来一个小姑娘，快活地摇着两只辫子。她瞧见了四只拼命拉扯绳子的小羊羔，就跑过来，抚摸它们湿透了的小绒毛。她最喜欢那只小黑公羊，称它为"阿玛杜"。

　　小羊羔在小姑娘的小手里使劲儿晃着头，绳子一下子卡在头上，勒住了眼睛。小姑娘来帮忙，小公羊一直不停地拼命拉呀扯呀。不知怎么搞的，脑袋从绳套里滑出来，小公羊获得了自由，三蹦两蹦蹿出老远，拐进小巷不见了。只剩下三只小母羊在"咩咩"呼唤着。

　　小山羊沿着村路向前跑，跑得晕头转向，可是它不敢停下来。钻过篱笆，穿越田野，晚风吹来嫩草的清香。最后，小山羊跑进一家农舍的牛棚，因为它嗅到了熟悉的干草味，它多希望自己是跑回了家，好偎在妈妈身边呀。

　　但是它看见的却是一头高大的黄奶牛在吃草。可是它不太怕奶牛，因为妈妈说过奶牛的心肠都很好。

于是小山羊咩咩叫着和奶牛大妈打招呼。

"你是谁呀,孩子?"奶牛大妈吃惊地望着小山羊,"你怎么跑到这儿来了?"

"我是——"小山羊太小了,还没有自己的名字,可它想起了小姑娘的话。"我是小公羊阿玛杜。"小山羊自豪地扬着头说,然后又把前前后后的事对奶牛大妈讲了一遍。听着小山羊的讲述,奶牛大妈又想起伤心往事,那些人至少吃了它的四头小牛犊。

因为主人走亲戚还没有回来,奶牛大妈让小山羊阿玛杜吃奶吃了个饱,然后藏到木板后面去睡觉,但千万不能随便叫,哪怕做梦也不能。这一天,小山羊太累了,一倒下就睡着了,连半夜里主人回来挤牛奶都不知道。

第二天,天刚蒙蒙亮,奶牛大妈就叫醒了阿玛杜,让它吃饱了牛奶,告诉它必须赶快离开,一定要远离农舍和狗,逃到森林里去自由长大。

阿玛杜舔了舔奶牛大妈的橙黄色鼻尖,强忍住眼泪,贴着墙边匆匆逃走了。

早晨的空气非常清新,在微明的晨曦中,草叶上沾满露珠,阿玛杜沿着草场奔跑着,心情非常愉快。

跑着、跳着,突然它停下来,不远的前方一座农舍挡住了去路。阿玛杜不愿意调头跑回去,它小心地紧贴墙根,从屋后面绕过去。

跃过矮墙,它脚下是一畦畦菜田,种着洋葱和莴苣。前面不远处,老梨树下长着一簇簇美味的菊苣。小山羊立刻跑过去,贪吃起来。

可是还没有嚼完第三片菊苣叶,一阵狂怒的汪汪声吓得它惊跳起来,它看见一只大黄狗正朝它猛冲过来。

阿玛杜慌乱之中一下窜上了树杈,还没等站稳,大黄狗已扑到树下,因为够不着小羊羔而恼羞成怒,站在树下破口大骂起来。

那样的侮骂,即使是只绵羊也不能忍受。小山羊虽然颤抖着,可它一点也不示弱，站在树杈上给大黄狗以猛烈的回骂。

大黄狗气疯了，使出全身力气向树杈上蹿去，只抓下一块树皮，可刚落到地面上，大黄狗便惨叫了一声，朝房子方向逃去。

树下一只黑嘴小刺猬从草丛中慢慢踱出来，刚才是它帮了可怜的小山羊。趁着主人给大黄狗拔出刺猬刺儿的当儿，阿玛杜向小路逃去。

太阳出来了，阿玛杜沿着小路边吃边走，刚才的恐惧渐渐消失。这时，它看见小路远处走来两个女孩子，一个白色小动物正跟在她们身后奔跑。阿玛杜赶快躲到大树后。

两个女孩子说笑着走过去，可那白色小东西却朝大树嗅过来。一看见小黑羊羔，它立刻愤怒得狂骂不止，并扬言要跳过来咬死小山羊，说着就朝小山羊的后腿扑来。阿玛杜轻轻一跃，反倒狠狠踢了小白狗毛茸茸的屁股，小白狗栽了个大跟头，真丢面子，小白狗一溜烟跑掉了。

小山羊继续赶路。现在它心里很得意，因为它打败了一只狗。就算它年龄很小，可毕竟也是一只狗哇，它还长着牙呢！

小路尽头，出现一片田野，农人忙着在田里耕作，马拖着滚筒走在还没有耕种的土地上。

小山羊不敢再大意，慌忙躲进路旁一条又宽又深的沟里，沟里长满了荆棘，四周还有一处处小水洼。阿玛杜觉得又舒服又安全，扬起头来就能啃到树莓的嫩叶和忍冬的藤条。

在农人离开之前，小山羊只能待在这里了。

吃呀，吃呀，直到肚子发胀才停下来。阿玛杜收拢四蹄在草上卧下来开始反刍，这是它生平第一次这样做，为此它感到很自豪。

忽然，一只大花鸟儿飞进荆棘丛，显然它被黑羊羔意外出现吓了一跳，但马上就镇定下来，它毕竟是只老练的鸟妈妈呀。

互相打了招呼，阿玛杜便向这只鹡鸰鸟讲了自己的经历，当然忘不了炫耀打败小白狗这事儿。

鹈鸽鸟为阿玛杜的前途感到担忧。它告诉这孩子应该马上离开这儿到树林里去藏身，因为现在已到中午，农人都赶着马回家吃饭去了，地头和大路上没有一个人和一条狗。

听着鹈鸽鸟的话，小羊羔紧张地站起来。它跑起来总是晕头转向，根本弄不清树林到底在哪个方向，看来只好有劳鹈鸽鸟带一段路了。

小公羊紧紧跟住低飞着的鹈鸽鸟，顾不得啃一口路旁的嫩草。过了小桥，紧挨着大路向前跑。就这样，阿玛杜和这位热心的伙伴一程接着一程往前赶。翻过山坡，它们终于望到了远处灰蒙蒙的一片树林。

跑进茂密的灌木林，鹈鸽鸟就得告别了。阿玛杜感到非常孤独和恐惧，但是一只单独生活在野外的小羊必须学会依靠自己。

风吹过高高的枝叶发出飒飒声响，清新的气息弥漫于树林中。一只喜鹊欢快地叽叽喳喳叫个不停。这一切使阿玛杜暂时忘记了孤独，它向前走去，顺便啃光能够得着的嫩树芽。

它找到一处拔掉了大树留下的坑，里面铺着厚厚的落叶，四周被杂乱的枝条掩蔽着。小羊羔阿玛杜在里面躺下来，安然进入梦乡。

突然，一个声音使它惊醒过来，它看见不远处一只兔子竖起长耳朵警惕地望着它。

"向你致敬！"兔子说，"我以为你是黑木头呢，才走近看个究竟。以前我只在山腰看见过一些母山羊，在林子里碰到小母羊还是头一次。"

"我不是母山羊"，阿玛杜强调道，"我是小公山羊阿玛杜。"

但不管怎样，阿玛杜有了新伙伴。它还见了兔子的妻子和它们的四个胖墩墩的小家伙，并且很快就和这一家混熟了。到黄昏的时候，它已跟着这一家到林边吃草去了。直到这时他才发现：在树林里转悠了半天，竟然还没有跑离农田边的林子。它望见来时的那段山坡，还看见远远的小河那边的村庄，蓝色炊烟正袅袅升起，飘向洒满金色余晖的天际。

在静静的傍晚，啃着嫩苜蓿和地榆，又和朋友们相伴，小羊羔心情好极了，禁不住在草丛里来了个山羊跳，惹得小兔子们既钦佩又开心。

夜幕降临了，它们又回到林子里。兔爸爸命令孩子们快快回窝，它们的家就在荆棘丛旁一个光秃秃的小土丘前的地洞里，既安全又温暖。而小山羊只好独自回到树坑里，有好长时间它不能入睡。小虫在四周低鸣着。小羊羔开始想念妈妈，妈妈是不是也在想念它呢？

突然，从它头顶的一棵树上，传来一阵长长的、凄凉的叫声，阿玛杜吓得全身哆嗦，连忙把脖子埋进枯叶里。那叫声越传越远了，小山羊再也忍耐不住，一口气跑到土丘前叫喊兔子爸爸。

好半天，兔子爸爸才打洞里伸出头来。小山羊立刻就把那可怕的叫声告诉了兔子爸爸。兔子爸爸大笑起来，告诉它那是长着圆月亮脸盘的猫头鹰，它正在找它的女伴呢。

小山羊还想说什么，可是兔子爸爸已不耐烦地钻回洞里去了。小山羊只好自己跑回来，对着还在树顶上"呜呜"叫的家伙喊道："我说树上的'圆月亮脸'，你别在这儿叫了，你的女伴早就飞走了，是朝河那边的田野飞去的。"

猫头鹰很奇怪是谁在说话，但它相信了，扑打着翅膀朝田野方向飞去。

小山羊为自己的机智和勇敢而自豪。它重新躺在落叶上，就伴着这自豪感沉沉睡去。

阿玛杜在清晨的凉意中醒来。鸟儿唱着歌，小兔子们正在洞口梳洗打扮。阿玛杜立刻跑过去讲述了昨夜的勇敢，又得到小家伙们一阵赞扬。

突然，头顶上发出一阵簌簌声，紧接着那只大鹡鸰鸟落下来。它还是不放心小山羊，就飞来看看它是否已去了森林，可这小冒失鬼竟还呆在林子边。鹡鸰鸟着急地告诉阿玛杜必须马上离开，因为今天过节，不一会儿就会有很多人进树林采铃兰花，如果他们发现小山羊在林子里跑来跑去，那是很危险的。

不得不再次告别朋友们，小山羊又孤独地上路了。它朝鹡鸰鸟告诉的方向匆匆跑去，上午迎着太阳走，下午背着太阳走，就会走到密林深处。

不知走了多久，阿玛杜觉得已经走了相当远的一段路，不会再有什么危险了。于是它放慢脚步，啃起路旁那一串串鹅黄色的金雀花。

不知不觉，小羊羔一抬头，眼前竟是一片宽敞的坡地，坡地的四周连接着蓝色晨雾中的大森林。坡地上长满一簇簇盛开的染料木、欧石楠和刺柏，还长着大片的草莓和雏菊。鸟儿栖息在空地四周的树枝上，陶醉在自己的歌声里，丝毫也不想停下来搭理小山羊的问话。

后来，阿玛杜遇到了一只爱唠叨的黄嘴巴乌鸫鸟，它们很快谈起来。小山羊渐渐了解了这块林中空地的情况，找到了泉水，还知道这儿长着大片的铃兰花。这消息吓了阿玛杜一跳，这么说村里人是一定会到这儿来采花的，它必须马上离开。小山羊抬起头想辨明前进的方向，可太阳就升在正空，既不在它眼前，也不在它身后，怎么办呢？

突然，身后传来一阵奔跑声，同时一个粗大的声音喊道："闪开！闪开！"

阿玛杜还没来得及回头，已被重重地撞到一边，两头大黑猪，身后跟着三只小猪仔，一溜烟地朝斜坡冲下去。

乌鸫鸟说："野猪一家从山上往下冲，那就说明山上有人，我看你还是赶快跑吧！就跟着野猪的踪迹走，它们正是跑向森林的。"

"要是我再碰上那些胖畜牲，它们会吃了我吧？"阿玛杜担心地问。

乌鸫鸟哈哈大笑起来："它们是吃野果子的家伙。再说，即使你拼命跑，也追不上它们了。"

这番话使阿玛杜放了心，它就朝着野猪开辟出来的小路跑去，很快就跑到树林的边缘。

展现在小羊羔眼前的是一片牧场，一头奶牛和几只母鸡正在那里吃草、觅食。远处有一幢孤零零的农舍，屋前种着一片菜园。小山羊断定那里一定养着狗，于是决定绕着林边，远离农舍，跑过牧场。

阿玛杜顺着灌木丛爬上一座荒丘，丘上覆盖着一丛丛小灌木，里面还长满了野铁线莲和树莓，小山羊美美地吃起来。

突然，一个声音在空中响起来："望着我，我命令你望着我！"

小山羊战兢兢地抬起头，在很高很高的天空中，一只大得惊人的山鹰正张开翅膀，在它头上盘旋。

阿玛杜浑身颤抖着，可它没有忘记鼓起勇气向前奔跑。那只可怕的山鹰一圈圈地越飞越低，身影在地面上也越来越大。

阿玛杜绝望地一蹦，山鹰硕大的身躯已扑到它身上，并且用利爪抓着了它的背，把它扑倒在地。可怜的小山羊发出痛苦的咩咩叫，挣扎着站起来，往前狂蹦乱跳，甩脱山鹰狠狠叼住小山羊后背的嘴。阿玛杜成"之"字形向前奔跑，浑身打着哆嗦，四腿也酸软无力，不过它还是从一个障碍物身上跳了过去。那是只大兔子，它蜷缩成一团，耷拉着耳朵躲在草丛里。

小羊羔从兔子身上一跨过去，便感到自己被山鹰的翅膀重重扫了一下，只听到兔子一声惨叫。抬头看时，那只老鹰正在空中盘旋，被老鹰的利爪紧紧抓住的兔子，正有气无力地悬着：它算完了！

几分钟以后，阿玛杜已钻进森林，惊魂未定地朝里面奔跑。冬青树划破了它的嘴巴，直到精疲力尽，才钻到一棵小松树下沉沉睡去。

足足睡了15个钟头。清晨，阿玛杜醒过来，额头上伤口已止住了血，腰背也不那么痛了。回想起与山鹰的那场战斗，恐惧感逐渐被自豪感压倒。它把身上的绒毛舔了个干净，然后精神抖擞地在结实而有弹性的松叶上一溜小跑，觉得非常惬意。

森林里静悄悄的，显得空旷凄凉，也听不到鸟儿唱歌。阿玛杜渐渐忧郁起来，它继续朝前走，林中露出一小块天空。这里松树稀稀拉拉，地面上长着一簇簇蕨类植物，还有砍倒了树木剩下来的树桩，难道这个大森林还有人进来？

一只漂亮的蓝灰色小鸟停在一个木桩上，精心梳理着羽毛，它叫松鸦。阿玛杜很快和它友好起来。阿玛杜把昨天和山鹰战斗的经过讲给了小松鸦，听得它惊讶极了，因为它还从来没有见过山鹰。

松鸦把森林里的情况讲给小山羊听。这里除了秋天偶尔有人来伐木外，其余时间都非常安静，小山羊可以尽情在小路上跑。

太阳渐渐升高了，阿玛杜想迎着太阳再走一段路，于是告别松鸦，朝灌木深处走去。

中午，阿玛杜在一棵大橡树旁躺下，一边反刍，一边昏沉沉睡着了。突然被一阵扑翅声惊醒，阿玛杜以为是老鹰，吓得跳起来。仔细一看，却是一只漂亮的锦鸡，正伸长脖子，吊起一只脚，打量着阿玛杜。

小山羊紧张得太厉害了，它用带着哭腔的愤怒的声音把锦鸡赶跑了。

阿玛杜穿过一条柏油公路，继续在森林里散步。它惊讶地发现，从早上到现在，自己已是第三次看到人们砍倒大树的地方，小山羊停下来开始往砍倒的树干上蹦跳。

突然，一阵轻轻的狗吠声由远而近，一只很小很小的灰毛狗朝阿玛杜跑过来，不过它脸上却是非常友好的神情。

阿玛杜和小灰狗打了招呼，立刻得到小灰狗的友好答复。它说它整天都在玩，还告诉阿玛杜它叫帕多德，和妈妈佛罗什住在那边三棵大树后的烧炭人家里，他们都善良极了。

帕多德邀请阿玛杜下来一块儿玩。它们你追我赶，跑得气喘吁吁。阿玛杜用头轻轻一顶，小灰狗就招架不住，在地上打起滚来。

它们的游戏突然得到一只大母狗的喝彩，帕多德的妈妈安闲地坐在草丛里摇着尾巴。尽管它的眼神是那么慈爱，还是把阿玛杜吓得瑟瑟发抖。帕多德却朝妈妈扑过去。

"告诉我，小羊羔，你是怎么跑到这儿的？"母狗佛罗什盘问道，"你是从公路上走过去的羊群里失散的小羊吗?"

阿玛杜小心地坐下来,又讲开了自己的经历,还讲了自己要逃到森林中独自生活的打算。

"一只小羊独自生活在森林里是危险的,很容易被守林人逮住并打死;而且到了冬天,到处找不到食物,该怎么办呢?"佛罗什说,"你还是跟我们一起到我们主人那去吧,他们会很好地照料你的。"

阿玛杜正犹豫着,见不远处走来一个小男孩,这正是烧炭人的7岁儿子弗莱德。

"别怕弗莱德,要让他觉得你很乖。"母狗说。

小男孩来到阿玛杜跟前,他惊讶极了,他不知道这只"小狍子"是怎样和他的狗儿在一起的。

小弗莱德的父亲朗贝尔丹冬天砍柴,春天烧炭。到了烧炭的时候,他们一家就从村子搬出来,来到树林里住下。和他们一起住的还有小弗莱德的舅舅大个子约。

漂亮温驯的小羊羔跟着佛罗什和帕多德来到烧炭人的家里,他们又惊讶又欢喜。它到底是谁家丢的呢?朗贝尔丹决定先去打听一下,不过在查出下落前可以待在他们家。

小弗莱德最高兴。他管阿玛杜叫"我的羔儿",抚摸它,爱护它,还让它尝了尝美味的面包,然后,带它去路口吃常春藤。两只狗也跟着一块儿去了。阿玛杜贪婪地嚼小弗莱德扔给它的藤条,小灰狗却不吃,它只叼着藤条跑来跑去。

弗莱德的妈喊他回家吃饭,两只狗立刻闻声向棚屋跑去,阿玛杜也跟在小男孩身后走,这使小男孩非常高兴。他对妈妈说:"妈妈,我走到哪,它就跟到哪。"为了证明弗莱德说的一点不假,阿玛杜也随着走进棚屋,虽然它一点也不喜欢闻土豆烩肥肉的味道。

晚上,阿玛杜和两只狗一起住在工具棚里。它躺在厚厚的干草堆上,躺在狗妈妈和小灰狗旁边，幸福地睡去了。

每天，小灰狗帕多德和阿玛杜一起游戏。全家人都喜欢它，大个子约还常用大拳头顶住它的头，和它玩顶牛游戏，小弗莱德还常带它到林子里去，让它站在百里香、矢车菊丛中吃个饱。阿玛杜对自己能受到这种优待感到幸运，因此一直表现得循规蹈矩。然而，它毕竟克制不住要做出些淘气行为。

一天，主人们都到室外去了，小山羊独自溜进了屋。它跳上一把椅子，又跳上桌子，打翻了盐瓶子，尝了尝细盐粒，觉得味道特别好。就在它准备把盐粒舔个精光时，朗贝尔丹太太进来了。这下可闯祸了，阿玛杜吓得逃出门去。

可是，不一会，朗贝尔丹太太便站在门槛上召唤阿玛杜过去。阿玛杜垂头丧气地走过去，原本以为会得到一顿教训，万万没想到却得到了一些大粒盐。这是因为朗贝尔丹太太想起来要想山羊长得好，得常给它吃盐才行。

一个月又一个月过去了。阿玛杜渐渐长成一只又大又漂亮的公山羊，头上长出弯弯的角，连下巴上的胡子也慢慢蓄长了。

小灰狗帕多德也长得跟狗妈妈差不多高，跑起来飞快，但仍保留着小时候的活泼天性，每天都无忧无虑地缠住阿玛杜做游戏。

8月的一个上午，大个子约带上外甥弗莱德、母狗佛罗什、小山羊阿玛杜和小灰狗帕多德，到林子里去采蘑菇。他们很快发现一棵白蜡树上长着的一种极特别的大蘑菇。大个子约费了好大劲儿才把它砍下来。这是一种有火绒的蘑菇，火绒是火石最好的引火索。

突然，小男孩说："我羔儿的嘴巴和蹄子跟火绒的颜色一模一样，它应该叫阿玛杜才对，可现在换名太晚了，要是我管它叫阿玛杜，它准不知道我在叫它。"

阿玛杜听了这话，着急地咩咩叫，它真想告诉弗莱德：它正是叫阿玛杜，并且它喜欢这样称呼它。阿玛杜要是会说话该多好哇！

可是小弗莱德却一点也没明白小山羊的心思，他还以为他的羔儿要吃火绒呢。

8月过去，朗贝尔丹家就开始卖炭了。农民和商贩们川流不息地赶着大车、牵着驴子来运炭，有时还有人从远处开着卡车来取货。

这一天，一辆熟悉的高栏卡车引起了阿玛杜的注意，它走过去认出正是那座把它运到屠夫家的长着圆腿的房子。阿玛杜吓得腿都软了，它不敢离开，它想听听朗贝尔丹和那开车人在谈什么。

卡车司机一直瞅着呆呆站在那里的阿玛杜，这可真是只健壮、漂亮的黑山羊。

这时朗贝尔丹说："它是只迷路的小山羊，今年4月底到我们这儿来。我打听过这附近，没有人家丢山羊，我猜它是在公路上从羊群中走散的。"

"您说4月底吗？请等一等，那时屠夫科苏丢过一只小公羊羔，是我帮他从邦马丹庄运来的，一共四只，就拴在库房门口，科苏就邀我去喝酒了，也许这就是科苏丢的那只吧？"

"那好吧，你去和科苏提一提，他随时可以过来看看，如果是他丢的就牵走吧。"

阿玛杜再没心思听下去，它跑进矮树林，垂头丧气地躺下来。这时，母狗佛罗什走过来，小山羊把这可怕的消息告诉了狗妈妈。

"我可怜的孩子，看来你离开的时候到了。"佛罗什妈妈难过地说，"你必须逃走，仍朝太阳升起的方向，一直走到森林边上，到了平原，你再去找个有羊群的主人，他会欢迎你的，不会再杀你了。"

"可我再见不到弗莱德，见不到你和帕多德了！"阿玛杜难过得要命。一想到就要离开这温暖的农舍，离开亲爱的主人，离开朝夕相处的伙伴们，阿玛杜禁不住在黄昏中哀鸣起来。

东方刚露出鱼肚白，狗妈妈就推醒了小山羊。这就是小山羊在农舍的最后一个早晨了。阿玛杜一想起这个，心里悲伤得要流泪。它恳求狗妈妈在它离开之前再去看看主人们。狗妈妈提醒它必须快点离开，因为屠夫10点钟就来了。

帕多德还在酣睡，它可是什么也不知道。狗妈妈不敢告诉它这坏消息，害怕它缠住阿玛杜，让主人发现小山羊逃跑的计划。

阿玛杜走出工具棚，看见朗贝尔丹正在屋前洗脸，他妻子在煮咖啡。弗莱德从屋子里唱着歌走出来，握住阿玛杜的两角想和它较量一番。可小山羊无心迎战，它靠在小主人肩膀上深深叹了口气。可是没有见到大个子约，因为他出门去取牛奶了。

佛罗什跟着阿玛杜，悄悄告诉它得上路了。趁帕多德在专心啃一块骨头的时候，阿玛杜悄悄踱到柴垛后，与狗妈妈告别，阿玛杜狠了狠心，朝森林跑去。

对于大森林，阿玛杜已非常熟悉。它选择最好走的路，不停地向前奔跑。它现在是多么健壮和自信哪！

在密林深处，它遇到了狍子一家。狍子是山羊族的近亲，它们有与山羊相似的容貌，但它们更机敏善跑。

这是一家非常善良的狍子。狍爸爸勇敢机智，狍妈妈美丽温驯，4个月的小公狍芳芳又机灵又可爱，它还有个胞妹法奈特，和芳芳长得惟妙惟肖。这一家自由自在地生活在大森林里。

阿玛杜又把自己的经历对着森林中的新朋友讲了一遍。它们劝它最好别去平原过那种拘束的群居日子，最好留下来和它们住在一起。

于是，阿玛杜留在了大森林里。

现在，让我们看看阿玛杜离开后，炭窑旁发生的事情吧。

大卡车拉着屠夫科苏来了。可是朗贝尔丹一家到处也找不到阿玛杜。他们对科苏描述了小山羊的样子，科苏说那正是他丢的那只。

可是弗莱德在一旁伤心地哭起来，他不愿意别人带走他的羔儿，他不能和它分开。小男孩儿的痛哭引起了科苏的同情，于是他用一袋木炭换下了阿玛杜，问题就这样解决了。

佛罗什听了这一切就拼命朝森林追去，可是直到夜幕降临，它也没找回阿玛杜。

弗莱德痛哭不止。朗贝尔丹一家认为阿玛杜一定是被那伙打公路上经过的流浪汉偷走了。

阿玛杜和狍子一家生活在一起，对农庄的思念渐渐淡下去。

森林里到处长着各种美味可口的植物，大家总是边吃边玩。芳芳和法奈特虽然不像阿玛杜那样贪玩，却很喜欢角力。它们自然不是阿玛杜的对手，小山羊总是能把它们逼得后退，但小狍子们的轻盈和矫健却使阿玛杜佩服得五体投地。

夜晚，小山羊躺在晒干了的柔软的蕨草上，躺在芳芳和法奈特身边，觉得又舒服又安全。星星透过树梢闪烁着，小山羊甜甜地进入梦乡。

栗子开始成熟了。狍爸爸知道不会多久猎人们就会到森林里打狍子来了。整整一夏天，狍子一家都在训练怎样逃脱猎人和狗的围追。

早在刚结识阿玛杜时，狍爸爸就对它讲过打猎的事。但小山羊却不用害怕，它虽然没有狍子跑得那么快，那么机灵，可是猎人是不会杀掉它的，他们常常把小山羊收养起来。

打猎的一天终于开始了，远远的狗吠声使大家警惕起来。狍爸爸立刻下令狍子一家分散跑开，而小山羊仍靠着树干原地不动。

狍子们箭一般飞出去，几只大猎狗狂骂着冲过来。它们围住阿玛杜，阿玛杜理直气壮地吼道："快给我滚开！我不是狍子，是山羊！"

两只遭了训斥的狗看明了情况，就一溜烟儿朝远处追狍子去了。

吓得心怦怦乱跳的小山羊，再也抑制不住惊惧，惶恐地朝灌木丛逃去。

阿玛杜在树丛里狂奔，幸运地躲过猎枪的射击。渐渐的猎人的呐喊声越来越远，最后完全听不见了。

阿玛杜跑得又热又渴，它来到泉边喝了个痛快。它渐渐平静下来，吃了一点野薄荷，决定离开森林，到平原上找一户农家安身。

阿玛杜穿过森林，朝林边的公路走去。忽然，公路那边传来一片像冰雹打在羊圈顶上发出的那种奇特声音。阿玛杜小心地探头一看："嘀，一大群羊浩浩荡荡挤满了路面，那冰雹一样的脆响正是羊蹄踏在沥青路面时发出的。一个年轻的牧羊人走在队伍前面，羊队的后面是一位老牧人和三只跑来跑去的护羊犬。

阿玛杜再也克制不住自己，便跳到公路旁，混进了那些贪吃路边杂草的羊群。

阿玛杜跟着这一大群羊往前走，一点一点往里挤，一直挤到山羊群里。那些被挤的绵羊嘟嘟嚷嚷抱怨着，发出此起彼伏的叫声。这一切使阿玛杜感到无比激动和幸福。

山羊、绵羊和护羊犬很快发现了这只陌生的美丽黑公羊。它们问它是不是从刚才过去的汽车上掉下来的。阿玛杜说不是，于是它再一次将自己奇特的经历详详细细讲了一遍。听得那些年轻母山羊敬慕极了。

这些羊是从夏季凉爽的山区牧场返回羊圈的，它们分属于好多农家，暂时由老牧人贡斯坦集中看管。它们像一群孩子从夏令营回来时一样，各自都要回到喂养自己的主人家里去。每经过一座农庄，都有一些羊被领走。渐渐地，老牧人发现了健壮的阿玛杜，对这只大黑山羊充满了喜爱，但他不知道它是谁家的。

羊群继续赶路。不久，走进一个大村子。这街巷让阿玛杜那么熟悉，这不是屠夫科苏所住的村子吗？阿玛杜又战战兢兢起来。

羊群在村公所前的广场上停下来，一群小孩子围住它们看热闹。突然，阿玛杜激动起来，它看见了那个小姑娘。它朝她跑过去，亲切地舔她的小手。可是小姑娘却认不出它来了，她一边抚摸它一边说："我曾救过的那只小山羊也有火绒色的嘴巴。听说烧炭人收养了它，可后来又给人偷走了。它长得可像你哩，也许就是你吧？我真希望它就是你才好！"

"就是我，就是我呀！"小山羊咩咩叫着说。

羊群又出发了，阿玛杜依依不舍地离开了，它好几次回头去看一看那个小姑娘。当它看她最后一眼时，她忽然喊道："再见了，阿玛杜！"

两天后，老牧人赶着剩下的自己的羊群回到家。阿玛杜就待在他的山羊群里。没有人来认领它。老牧人喜出望外地把它留下来，取名为"佳宾"，而那些羊叫它"佳宾阿玛杜"。

现在我们的小山羊已成了勇敢机智的头羊。

（孙淇　缩写）

黑猫历险记

〔捷克〕拉达　原著

亲爱的孩子们，我给你们讲件真事，我可担心你们不信有这么回事，其实这是千真万确的：梨庄史维茨家养过一只猫，叫米克什。它还是个小不点儿时，就学会了说话。这可能是因为史维茨家那个淘小子贝比克老和它说话的缘故吧，要不它就是只特别的猫。

米克什很有礼貌，问起好来跟个村长一样彬彬有礼。它总是和贝比克睡在一块儿。贝比克肚子里可装着好多故事呢。可当贝比克讲起吓人的鬼故事时，米克什就说："贝比克，别给我讲这种了，要不我会不敢在夜里上谷仓那边去抓老鼠了！"

米克什学会了说人话，还学会了像人一样站起来走路，这样，鞋匠就给它做了双鞋。冬天里，贝比克怕冻坏它的前爪，又让奶奶给它缝了厚手套。米克什总是穿戴整齐地跟着贝比克出门去，村里的孩子们看见它又是惊讶又是欢喜，恨不得一直和它玩到半夜。可一听到奶奶的呼喊，贝比克就带着米克什跑回家去。吃过晚饭，贝比克就领着米克什上床了。

有一次，史维茨家的奶奶去喂她的小公猪巴西克。不管奶奶怎样精心饲养它，它就是不胖，奶奶为此很发愁。可巴西克眨巴眨巴晶亮的小眼睛，忽然对奶奶说："米克什说过，奶奶，如今时兴苗条！"

天哪！已经有只会说话的猫了，现在竟然连她的小猪也开始讲话了，而且又讲了这样的浑话。奶奶又吃惊又生气。她更生米克什的气，它怎么能教巴西克学坏呢。猪不长肥，还养它干什么？这可真叫奶奶伤心。

"巴西克，你这刺猬眼！我告诉你，你要好好吃东西。你学会说话我也不说什么啦。你喜欢吃什么，只管告诉我，要是晚上有贼来偷你，你就使劲喊'救命'！那他马上会吓跑，因为这坏蛋准以为猪圈里有人。"奶奶开导了巴西克一番后，巴西克很快就吃光了猪食。

梨子快熟了，黄澄澄的，惹得孩子们常常爬树偷梨。可是守梨人的眼睛尖得很，一下就抓住了淘气包，并给他们一顿抽打。

贝比克就吃过这样的亏。可是一个一个的大梨就挂在树上，多馋人。后来，贝比克好不容易想出一招儿：让米克什爬到树上去摘梨。

但米克什可是只有教养的好猫，它才不会去偷人家的梨呢。贝比克答应用一碟子奶油作交换条件，米克什也不干。最后，贝比克生气地说，其实他不想吃，那几个破梨，只是想教训它们一下，因为有一次他听见它们在树上嘲笑贝比克和米克什，说他们是茨冈人和瘸猫。

这样的讥笑可惹火了米克什，它马上要带贝比克去教训那些该死的梨。

他们绕过草坪，翻过山坡，溜到姆莱茵涅克家的果园里。米克什爬上树，贝比克就偷偷躺在梨树下。越过草尖，他看见姆莱茵涅克大叔远远地站在黑丁香丛后。

砰！一个大梨掉下来。又一个，又一个……不一会儿，贝比克的口袋里已装了10来个。

米克什在树上对他喊："总该够了吧？贝比克，我想它们也已经尝到你的厉害了。"

"再摘几个吧！"贝比克低声回答。

又扔下几个，可是贝比克还不满足。正直的米克什对贝比克的贪心很生气，于是它摘下一个大梨，对准贝比克的鼻子扔下去。

贝比克被砸得两眼直冒火花。他气得要命，马上跳起来，对着树上的米克什大叫大嚷，立刻就被姆莱茵涅克大叔发现了。贝比克得到了一顿抽打，梨子也被没收了。可大叔纳闷：怎么没找到树上的同伙呢？孩子们，米克什早就吓得逃回家去了。于是，贝比克又替米克什挨了5鞭子。

偷梨的事使米克什又羞愧，又难过。它硬着头皮去大叔那儿认了错，并保证再也不偷梨了。

山羊波贝什是老仆头养的一只羊。它特别脏，又淘气得要命。它常常恶作剧地把孩子们撵到树上去，吓得他们不敢下来。而波贝什则守在树下，开心得咩咩叫。

于是总有孩子们跑到老仆头家告波贝什的状。老仆头气得要命，抽了他的淘气鬼好几鞭子，可没过几天，波贝什又旧病复发，还会向老实的小孩儿鬼头鬼脑地眨眼睛。

后来，小胖姑娘卡青卡也跑来告状，老仆头叹着气决定把这只放肆的波贝什卖掉。

波贝什在羊圈里听得一清二楚，老仆头也听见它在圈里奇怪地嘟嘟哝哝的。

第二天一大早，老仆头刚穿好衣服，就听见有人敲门，开门一看，天哪！波贝什用后腿站着，前蹄搂着一束花，然后它开口讲话："我是一个花骨朵，站在这个小角落，祝贺的话儿我不会说，我一定变好不闯祸！主人啊，祝你幸福又快乐！献上鲜花一大束！"

老仆头使劲捏了一下自己的鼻子，这不是在做梦吧？他早就盼着他的羊也像米克什和巴西克一样能说人话，如今，它真的说起来啦！

老仆头没有再提卖羊的事儿，既然波贝什打算改邪归正，就给它一次机会吧。

巴西克很少出门，它就待在自己舒服的小猪窝里。贝比克去上学，米克什就找巴西克聊天。它也常常到山羊波贝什那儿去串门儿，它们就坐在羊圈门口的木墩上讲笑话。

这一天，波贝什和米克什又坐在木墩上聊天。忽然，它们看见小东达正鬼头鬼脑地翻过篱笆，朝果园跑去。

"这小子准是来偷我们家的梨来了。咱们要好好治治他。"波贝什说。

东达刚摘了一个大梨，就看见米克什它们走过来。东达赶快装成若无其事的样子走开了。米克什悄悄跟在他身后，把他口袋里的梨子换成了一个大土豆。

东达得意洋洋地朝村里走，他想把这个梨送给让他抄作业的女同学玛仁卡。可是他一掏口袋，怎么摸出来个大土豆呢？他明明放进去的是个大甜梨嘛！东达生气地把土豆扔了。

波贝什拾起土豆，藏在身后，另一只蹄子里拿着大梨，它追上东达说："怎么把梨扔了？"

东达奇怪极了。他像做梦一样又把梨放进口袋里，然后向玛仁卡家走去。

见到玛仁卡，东达把梨送给她，可是，天哪！怎么又变成了土豆？玛仁卡立刻生气地把东达赶出门来。这到底是怎么回事呀？东达垂头丧气地把土豆扔得远远的，两腿发软地坐在村里的空坪上，他揪揪耳朵，看是不是在做梦。

这时，他一摸口袋，土豆怎么又跑回来了。东达真的快发疯了。恰巧迎面走过来他的死对头瓦谢克，东达立刻决定逗弄他一下。于是他把土豆放进口袋，朝瓦谢克走去。

"送给你个大梨，怎么样？就在这口袋里。"

"好极了！"瓦谢克把手伸进东达的口袋，立刻抓出一只漂亮的大梨，还没等东达明白过来，瓦谢克已跑得无影无踪了。

东达为今天发生的一切而气得大哭起来。他不仅为失去大梨而哭，而且因碰上这样的怪事而害怕。但从此后，东达再没偷过梨。

孩子们总是盼望过圣诞节，盼望得到圣诞礼物。贝比克也一样，虽然他从来也没得到过什么圣诞礼物。刚1岁半的米克什也恨不得马上就过上圣诞节。因为它用积攒下来的钱悄悄为贝比克准备了一份礼物，那准会让它的贝比克惊喜万分。米克什都快等不及了。

圣诞的夜晚终于悄悄降临了。纷纷大雪中的一座座小屋都亮起了灯光，看得见圣诞树上挂着的红苹果。老仆头在村心广场上吹起悠扬的圣诞歌，孩子们快活地走街串巷。

后来，圣诞老人来了，他也敲响了史维茨家的门。米克什意外地得到一辆崭新的滑板车，那是贝比克用节省下来的钱偷偷为米克什准备的，他把滑板车交给扮圣诞爷爷的人，想让米克什高兴一次。

圣诞老人走了，可怜的贝比克什么礼物也没得到。米克什看了看贝比克，然后带他去白茫茫一片的花园里，在一棵小苹果树下，摆着一辆漂亮的雪橇。米克什满意地看见贝比克脸上惊喜的神情。

"这是圣诞老人给你的礼物，"米克什说，"我把它放在圣诞树下了。"

孩子们，你们看，米克什是只多么善良、多么细心的小猫哇！

这天早晨，贝比克病了，他头痛得不能去上学。米克什可不想让贝比克落下课程，没有别的办法，只好它米克什代他去上学了。

有人敲门，老师把门打开，孩子们立刻惊呼起来：米克什正戴着贝比克的帽子，穿着皮鞋，胳膊下夹着贝比克的课本站在教室门口。

"老师，我是来给贝比克吵架的。"米克什说。

"哎呀，米克什，你是想说给贝比克请假的吧？你真好。"老师纠正说。

米克什因说错了词而不太好意思，可是它还是要求留下来替贝比克听课。孩子们也强烈请求老师同意，并保证不在课堂上胡闹。

没办法，老师只好答应了。米克什挨着露仁卡坐下了，它规规矩矩坐着一动也不动，连麻雀在窗口叫个不停它也不去瞧。

米克什专心听讲，还积极举手发言。比如，老师问：牛有益还是有害。米克什马上回答说有害，因为它有一次踩了米克什的尾巴。还有一次，老师让米克什到黑板上算一加一等于几，米克什写道：1＋1＝11。

上文法课，米克什也出了几次风头。弗朗季克在黑板上写了一个句子："今天早上我得到一个大梨子。"

老师问大家这句话忘了什么，米克什立刻举手回答："他忘了给我们每人分一小块。"

这可笑死了老师和孩子们，可米克什却一点也弄不清他们到底在笑什么。

放学了，米克什兴奋地跑回家来。贝比克问他大家今天得到些什么。"东达得了苹果，露仁卡有一块蛋糕，瓦谢克买了甜面包，还给我一小块。"哎呀，米克什又把什么都搞乱套了。原来贝比克是想知道今天大家学到了什么知识。

自从米克什上了半天学，它便想成为一只严肃而有智慧的猫。它背着手，像个博士一样在院子里走来走去。还从地窖里翻出一本老日历书，而且还在街上捡了一段铁丝，拧成眼镜状。从此后，一读旧日历就少不了戴眼镜，那样子滑稽透了；日历书倒拿着，可它读日历的那副专心样子，就像真识字似的。贝比克总是藏在门后，差点儿笑背了气。

可是，这一天，米克什碰上了倒霉事。

奶奶让米克什去山坡旁的地窖里取奶油。回来的路上，它和一罐子奶油一起掉到独木桥下去了，陶罐打碎了，奶油洒了一地。

米克什吓坏了，它不敢回家，它怕奶奶打它一顿。要是那样，村里的淘气包们准要笑它一辈子了。可怜的米克什伤心地痛哭了。最后，它决定离家去流浪，也许会赚些钱赔偿奶奶的陶罐。

就这样，米克什恋恋不舍地离开梨庄，向黑森林跑去。

奶奶左等右等不见米克什回来。她出去找，在独木桥那儿发现了打碎了的陶罐。

大家分头去找米克什，连波贝什也帮着找，巴西克在猪圈里叹气。可直到晚上，也没找到。贝比克痛哭了一场。这一晚，他独自一人睡在炕上，久久地想念着米克什。

米克什丢了有很长时间了。每天傍晚，贝比克就和波贝什到小猪圈里去看巴西克。他们总是回忆从前的好时光，想起米克什讲过的那些有趣的故事。现在，日子忽然变得很寂寞。

有一天，贝比克带回一只非常小的小白猫，取名纳齐切克。他想把它培养成米克什第二。可是不成！纳齐切克是只特别胆小老实的小猫，它总是遭到巴西克的嘲笑。可奶奶却很快喜欢上纳齐切克。她总是说："纳齐切克虽不像它米克什叔叔那么棒，可它是只听话的小猫。有好几次我想不起来眼镜放在哪儿了，总是这小不点儿给我找到的。"

纳齐切克也学会了说话，只是有点吐字不清。朋友们也渐渐喜欢上了这善良的小东西，但仍不能忘掉聪明的米克什。

这一天，巴西克离开猪圈去探望波贝什，波贝什正坐在阳光下用一把破梳子梳胡须。如今的波贝什不再欺负小孩了，它顶多用羊角吓唬吓唬那些惹是生非的淘气包。

一对朋友就谈起了天。有时说说纳齐切克可笑的傻事，有时谈谈好朋友米克什。

这时，山坡上走来邮递员哈卢布，他一边走一边气呼呼地大喊："老天爷，现在动物也开始互相寄信了，我真是忙不过来了！这儿有叫波贝什的山羊吗？"

波贝什激动得快站不住了，这可是它有生以来第一次接到来信哪！巴西克也挤上前去："一定是米克什的来信。这字几乎没法认，像是猫爪子抓出来的！"

波贝什真想马上知道信上说了什么，可它不识字。它飞快地朝贝比克家跑去，快得叫小肥猪巴西克怎么也追不上。

波贝什跑来时，贝比克正在院子里锯木头。他马上拆开信，信上写着："亲爱的波佩十！我5次问候你如今我在马戏团当演员已经有满满一罐子硬币了。我很快就回家来再次向你问好，马戏团演员米克什。"

这下儿可把大伙乐坏了，立刻准备隆重的欢迎大会。还教了纳齐切克一首欢迎诗："妈妈，爸爸，屋里老鼠在乱窜！快把猫儿放进来，抓住老鼠当晚餐！"这是聪明的羊脑瓜想出来的诗，为此，波贝什还帮纳齐切克排练了好多次。

来信一周后，巴西克做了个梦。梦见米克什第二天回来。贝比克断定这是个兆头。于是，第二天一大早，三个朋友就翻过山坡去接米克什。贝比克还不停地练习吹口琴。

快到中午了，还不见米克什。这时突然听到村子里有人喊他们快回家，说米克什已经到家了。

大家拼命往家跑。米克什正站在院子里，像真正的演员那样穿着绣花衣裤，还戴着一副真正的眼镜。老奶奶欢喜得一个劲儿摸米克什的小脑袋。贝比克立刻吹起口琴，巴西克和波贝什热烈拥抱了米克什。这时，小不点儿纳齐切克气喘吁吁跑过来："妈妈，爸爸，屋里老鼠在乱窜！"米克什吓了一跳，立刻要去逮老鼠，被波贝什一把抓住了："它在背欢迎诗呢！"巴西克气得嚷起来："我早说过，这小东西会把什么都弄砸锅的。真是笨到家了！"

纳齐切克走上前，亲了亲米克什的爪子，接着说："亲爱米特（克）什叔叔，欢迎你！快把猫儿放进来，抓住老鼠当晚餐！"

大家都笑起来，米克什把它抱起来，给了它一克朗。纳齐切克马上放进裤兜里，免得米克什大叔万一改变主意。

米克什给大家带回了很多礼物，还送奶奶一个特别漂亮的陶罐，连村子里那些淘气的小孩儿也得到了许多糖果。

晚上，米克什开始给大家讲出走后的经历。对于一只猫来说，那可真是一次长途冒险。

米克什走进大森林，它走啊走，背着自己的小包裹，又冷又饿又累。可它不敢停下来，它害怕宪兵来追捕它，因为它打碎了奶奶的陶罐。

米克什悲伤地前进。走出树林，来到一大片田地。看见几个牧童坐在篝火旁，看着一大群牛。米克什想烤烤火，讨点儿吃的。它走过去，孩子们该是多么惊讶呀！可他们没被吓跑，他们眼也不眨地盯着这小怪物看。

米克什作了自我介绍，还讲了出走的缘由。孩子们的心里立刻充满了同情，因为他们也常犯错误而不敢回家。

米克什烤了火，吃了孩子们给它的烧土豆，然后继续赶路了。也许宪兵正在树林里搜查它呢。

可怜的猫不知自己要去哪儿。它只想在哪儿攒点钱，给奶奶买只新陶罐，然后就回家。

夜里，米克什睡在大树上。第二天，它向村里走去，想讨点吃的，因为它不忍心抓鸟。

一位大婶正在田里干活。它走到她面前鞠了一躬，刚张嘴说话，那位大婶就吓得掉了魂一样尖叫着逃跑了。

米克什很奇怪，不知大婶为啥跑掉了。它继续往前走，运气真不错！一位大叔正专心犁地，米克什走上前去向他问好，可大叔眼光一碰上这只穿衣戴帽的黑猫，立刻扔掉马鞭，撒腿就跑，连马和犁也不要了。

米克什伤心透了，它吓着了许多人。要是这样，它什么也讨不到，准会饿死。

后来，米克什脱了衣裤，藏起来，像只正常的猫一样四腿走路，走进村子。来到一家农舍，米克什遇上一位好心的大婶。她给了这可怜的猫满满一碟子牛奶，希望这只漂亮的黑猫留下来。米克什招人喜欢地喵呜了几声，舔净了碟子，吃得太高兴了，它习惯地用人语说了几句感激话，吓得那大婶大叫着逃进屋里去，砰一声插上了门。

米克什沮丧地溜出院子，真想抽自己个嘴巴。大婶再不敢收留它了，米克什还得继续流浪。

米克什穿戴整齐，告别这个小村庄，向田野走去。天黑时，它遇见了有布篷车的一家人，正围着篝火煮晚饭。

米克什朝他们走过去，也许他们会给它一点肉汤。它向他们问了"晚安"，他们都惊讶地瞪着它。后来那个男人离开火旁，向车子走去。留下两个女人对米克什讲话。

突然，米克什什么也看不见了，有人把它套在麻袋里，扎紧口扔在车上。米克什绝望地喊叫起来："奶奶！"孩子们，这原来是一些吉卜赛人。

米克什待在黑洞洞的口袋里，吓得要命。一想到这次再也回不去家了，它就哭起来。整整哭诉了一夜，直到公鸡打起鸣来。

突然，有许多人走来，问车上是否有偷来的东西。"准是宪兵来搜查我来了。"米克什想。可它宁可落到宪兵手里，也不愿被吉卜赛人带到世界尽头去。于是，米克什在袋子里拼命喊救命。宪兵走过来，解开袋子。它们惊讶地发现爬出来的不是小孩，而是只黑猫。

宪兵当然没有抓走米克什。他们告诉米克什打碎陶罐不能进监狱，以后有了钱，再给奶奶买个新的就行了。米克什快活地离开了他们。

下午，米克什扛着小背包上了一条没有尽头的公路。走着走着，天上起了乌云，刮来一阵大风，差点儿把米克什卷走了。就要下暴雨了，可是四周连一棵小树也没有，米克什害怕极了，它赶忙把皮鞋装进背包里。

大雨倾盆而下。很快，公路变成了小河，米克什失去了知觉，顺水漂下去。

不知过了多久，雨停了，水退了，太阳出来了。公路上走来10辆马戏团的彩色车子。团长克隆茨基先生和他10岁的女儿奥露什卡坐在最后一辆漂亮的车上，向窗外望。他们发现了躺在小树旁的米克什，把它救上了车。奥露什卡帮爸爸擦干了黑猫，把它包在暖和的被子里。可是米克什什么也不知道，它还昏迷着。

父女二人吃过晚饭，爸爸开始讲狮子的故事。突然，奥露什卡看见黑猫坐起来，并用人话和他们打招呼。

克隆茨基先生和奥露什卡非常吃惊，他们可一点儿精神准备也没有。可是他们并没惊讶起来就没个完，克隆茨基先生毕竟是马戏团团长啊！

米克什非常高兴地留在了马戏团，和可爱的奥露什卡成了要好的朋友。

克隆茨基马戏团在布兰迪斯引起了大轰动，因为有个特别神秘的节目叫《会说话的口袋》：一只普通的口袋，扎着袋口，会在台上翻来滚去，还会向观众问好，回答观众的问题，笑得大家东倒西歪。可谁也猜不出里边到底装着什么。

很多人都来看马戏，马戏团的收入很好。米克什很快就攒了好几罐硬币。

马戏团的动物们也非常喜欢米克什，因为它又聪明又善良，而且还能把动物语翻译成人语，向团长转告动物们的要求。就连脾气坏透了的老狮子也听米克什的话。

一天又一天，很多天过去了。米克什渐渐忧愁起来，它太想家了，想奶奶，想贝比克，想伙伴们。最后，它决定回家了。奥露什卡哭得很厉害，但她还是帮米克什给朋友们买了礼物。

这就是米克什离家后的全部经历。

米克什像从前一样，和老朋友们友好地生活在一起。只是它也常常惦念马戏团的朋友们。它想回去，却又不忍让奶奶伤心。

可是，有一天，发生一件怪事：一只漂亮的大鹦鹉飞到了梨庄。它四处向孩子们打听米克什的住处。而且在不远的山坡那边，正走过来一支小小的队伍：一头大象，背上坐着一只穿花衣的猴子，还有一只毛茸茸的狗熊走在前边。

这正是马戏团的朋友们来接米克什了。

这样意想不到的来访惊动了整个梨庄。孩子们都远远看着，互相挤眉弄眼，但谁也不敢靠近，只有最淘的淘气鬼弗朗达敢碰碰那只猴子。

米克什兴奋地迎出去，并把客人带到院子里。奶奶也出来了，她惊喜得不知该怎样招待客人。巴西克却死死藏在猪圈里，吓得全身发抖，小纳齐切克也躲到被子底下，死活不肯出来。

四个怪客人马上就和米克什谈开了。它们说了马戏团的情况：克隆茨基先生病了。可怜的奥露什卡忙不过来。马戏团很不景气，许多动物都不得不卖掉了，现在只剩下它们几个和那头坏脾气的老狮子。它们只好来找米克什想办法了。奥露什卡天天盼着它回去。

米克什听了非常难过，它决定和动物们一起回马戏团。奶奶也不再挽留它，因为马戏团更需要米克什。

喝了奶奶煮的香喷喷的热咖啡后，动物们上路了。贝比克虽然恋恋不舍，可他感到很自豪。巴西克也终于勇敢地从猪圈里露出头来，悲伤地同米克什告别。

经过长途跋涉，米克什又回到了奥露什卡身边，马戏团又变得有了生气和希望。

这次，米克什打算亲自露面演出。大家都忙着准备一场盛大的马戏表演。

开演那天终于来了。布告贴了满城，许多许多人都跑来看马戏，鹦鹉不得不帮奥露什卡维持售票口的秩序。后来观众多得撑破了帐篷。可帐篷外还有那么多人排着队，他们只有等明天了。

这可真是一出精彩的马戏，剩下的几个动物都拿出了自己的绝活儿。老驯兽师史维达还表演了一长串魔术。孩子们像疯了一样兴奋。

最后一个节目太出乎大家意料了，名叫《神秘的公猫》。

幕布慢慢拉开，舞台中间的大石头上坐着个老头儿，又冷又饿，可怜极了。这时一个穿漂亮衣服的王子走出来，吃着奶油面包。老爷爷向他乞讨，可是他粗野地拒绝了。老爷爷非常生气，立刻让它变成了一只黑猫。不一会，一个美丽的小公主来找她弟弟，手里也拿着奶油面包。她非常善良，送给老人面包吃。老头儿告诉她：他已将她弟弟变成四足畜牲了。小公主痛哭着恳求再把他的小弟弟变回来。可是老人不同意，只恢复了他说人话的能力。黑猫立刻唠唠叨叨说起话来，这次他变得乖极了，老爷爷说：如果它做了好事，就会变回人形。

然后姐弟俩走了。刚一会儿，黑猫就跑回来，说它刚才看见一位老奶奶，它故意没有向她问好。老头儿一听大怒，可黑猫又说："如果我上前问好，她准会吓出事儿来的。"老爷爷笑了，于是恢复了王子的人形。

看完这出戏，观众们呆坐了好半天，他们可从来没听过猫讲话呀，接着他们沸腾了，叫嚷着，欢闹着，一定要黑猫出来讲话，久久不肯离去。

《神秘的公猫》使孩子们百看不厌，附近乡镇的人们也纷纷来看马戏。马戏团赚了那么多钱，米克什无论如何也数不清楚。马戏团又兴旺起来，大家想再买一些动物来扩充马戏团，可是米克什忽然想起：为什么不让波贝什和巴西克来呢？米克什马上给它们寄了一封快信和钱。

波贝什一接到这消息，兴奋得不得了，想立刻就启程，可巴西克却躲在猪圈里，哪儿也不肯去。波贝什也劝，奶奶也劝，说有纳齐切克在家陪她，她就不寂寞了。巴西克应当出去闯闯，帮米克什和马戏团一把。

好不容易巴西克才胆战心惊地同意了。不久，米克什开车来接波贝什和巴西克，它俩都为第一次出远门而紧张激动得全身发抖。

波贝什和巴西克来到马戏团，米克什费了好大劲儿帮它们排练了精彩的节目。它们傻乎乎的表演同样得到了热烈欢迎，它们赚了许多钱，都寄回家去。它们还把贝比克送到布拉格去学画画，要知道贝比克在这方面很有天赋。

后来，克隆茨基先生的病也好了，他决定把马戏团改名为米克什——克隆茨基马戏团。他是多么感激黑猫米克什呀！

巴西克和波贝什快活地在马戏团过了很长时间。可是后来，米克什发现它们一天比一天忧郁了。直到米克什也日甚一日地怀念起故乡时，才理解了朋友们的郁闷。米克什可不愿让它的朋友愁出病来，于是它想找团长商量：它们要辞去工作，回梨庄。

恰好这时克隆茨基先生也要送奥露什卡去布拉格学表演，他年岁也大了，不想再四处奔波，正打算和米克什商量这事。

米克什高兴极了，它邀请克隆茨基先生到宁静的梨庄去养老，在那儿买一所大房子，带上所有的动物。这样，大家就都不用为离别而难过了。克隆茨基先生一听，激动地握住米克什的小爪子。

米克什带着朋友们回到了梨庄，那真是让人激动的一天。奶奶高兴得哭了好几次，小纳齐切克也乐得跑进跑出。

米克什和克隆茨基先生在史维茨家附近盖了一所大房子，每个动物都有自己舒适的房间。还有个大房间专门当作村里孩子们的读书室。

自从米克什他们回来，村里热闹多了。秋收时，大家帮农民们来来回回推送粮食。现在，他们再也不怕它了，而把它当成自己的朋友。

米克什常跟奶奶和朋友们谈天、讲故事。有时，它也喜欢独自爬到那棵大果树上，坐在那里眺望整个村庄，想想奶奶讲过的美好的故事，祈祷在布拉格的贝比克别淘气打破校长家的玻璃，回忆曾经发生过的许多许多往事……

（孙淇　缩写）

小 钉 子

〔意大利〕阿尔季利　帕尔卡　原著

　　从前，有位学识渊博的科学家，名叫皮卢卡。皮卢卡又老又穷，没有妻子也没有孩子，生活很孤独。他常把自己关在狭小的实验室里，埋头致力于新发明。虽然如此，他并不快乐。

　　有一天，很多孩子在窗外嬉闹。听着那欢快的笑声，老皮卢卡很伤心。可是，忽然他想：为什么我不为自己造一个金属儿童呢？那我就不会感到孤单了。

　　说干就干，皮卢卡制定计划、做图样、收集材料……最后，一个怪可爱的铁孩子终于躺在桌子上了。我们看他有多漂亮吧：鼻子是咖啡壶的嘴儿做的，烟筒做了两条笔直笔直的腿，他的脚就更有意思了，原来是两个大熨斗，他从头到脚都被擦得亮晶晶的。只是还少一根小钉子，可是老皮卢卡已经没有钉子了，于是老教授自言自语地说："只不过少了一根小钉子，没关系。好，为了记得将来给你找根钉子，就叫你小钉子吧。"

　　接上电源，小钉子慢慢坐起来，抬起眼皮，惊奇地东张西望，还舒服地打了个大哈欠。

　　皮卢卡激动得差点昏倒了。他不停地叨咕："小钉子，我的儿子！"可是，你听小钉子怎么回答的："哎，爸爸，饿死我了，还有东西吃吗？"说着，就跳下桌子，开开门跑出去了。

小钉子在街上游荡起来，一切都让他感到新鲜。忽然，一阵香味扑鼻而来，他发现了一家汽车加油站。他大步走过去，趁人不注意，拿起加油管就咕嘟咕嘟喝起来。因为他是铁孩子呀，油就是他的饭。

小钉子吃得饱饱的，很带劲儿地在街上走着。这时，他看见在一家豪华大商场的橱窗里摆着一种金属上光油。小钉子虽然是个铁孩子，可也挺爱美，他想把自己擦得亮闪闪地回家去。于是，他打破了玻璃，伸手把上光油拿出来，就站在那儿把自己擦得锃亮。

可是，商场老板齐切蒂立刻叫来一大堆警察，他们把警棍掷到小钉子头上。小钉子一点也没弄明白他们在干什么，还以为大家在和他做游戏呢。他只轻轻一推，警察们就倒在地上起不来了。

恰巧这时老皮卢卡来找小钉子。老头儿真是吓坏了，他拉着小钉子就跑回家。小钉子可什么都没多想，一到家，倒头便睡着了。

老皮卢卡担心的事终于发生了：齐切蒂带着一大群人来索要赔偿，否则就带走小钉子，让他从此为齐切蒂服务。

皮卢卡既没有钱，也不可能交出心爱的儿子。他宁可自己进监狱。可是齐切蒂可不想要个老头子，他想要的是能赚大钱的小钉子。

爸爸这样拼命保护自己，即使是小铁人也不能不感动。小钉子感动得关节吱吱发响。

但两个人怎抵得过一大群人，小钉子终于被齐切蒂从爸爸怀里抢走了。他们在他脖子上拴了结实的铁链子，硬把他牵到商场办公室。

齐切蒂软硬兼施地让小钉子替他赚钱。但小钉子倔极了，他只一个劲儿说："我要找爸爸，我要回到皮卢卡爸爸身边去。"还生气地用头撞墙，墙上立刻被撞开了个大洞。

齐切蒂气得发疯，决定一滴油也不给他吃，看他求不求饶。

接连几天，小钉子都没有喝上一口油。他的各个关节开始疼痛，稍微动一下，齿轮就刺耳地响，火星四溅。可是小钉子没有求饶。

齐切蒂捞钱心切，决定在大商场里展览小钉子。四处张贴广告，皮卢卡看到了，伤心得要命。

展出的那一天，商场里挤得水泄不通，大家都想见识一下广告上说的那个什么都会做的机器人。可是，天哪！他们见到了什么？机器孩子呆呆地坐在台上，头垂在胸前，像断了线的木偶，各个关节锈得发出刺耳的吱吱声，一根粗大的铁链子把他拴在墙上。而更使观众难过的是：一个铁孩子竟会有那样忧伤、苦恼的神情。人们还惊奇地发现，从他白铁皮的眼皮下流出了褐红色的锈水，一滴又一滴掉了下来。他思念着可亲的皮卢卡爸爸。

不管齐切蒂怎样劝诱他听话，也不管那气疯了的家伙怎样狠狠抽打他，小钉子都一动不动地坐在那里，聚精会神地想着爸爸。

突然，人群中响起一个令人心碎的喊声："小钉子，我的儿子！"随着这声呼喊，整个人群都愤怒了，他们把手里的东西狠狠向齐切蒂砸去。

听到爸爸的喊声，小钉子激动地挣扎起来，虽然饥饿着，他的力气还是太大了，身后的墙一下子被拉倒了，小钉子被砸昏了过去。

卫队从砖土中拉出小钉子，他已浑身是伤，不省人事。齐切蒂那贪心狼可不想失去这能赚钱的好东西，立刻找来全城最好的医生。面对这个铁孩子，医生们忙得满头大汗。但他们什么办法也想不出来，只会拿锤子叮叮当当地乱敲。这一敲不要紧，倒把小钉子给痒醒了。

小钉子吱咯吱咯坐起来，看着那几个累得倒在地上的医生很奇怪。后来，他觉得脖子上好像没有粗链子了，就急忙跳出窗子逃走。

变成了咯吱咯吱乱响的烂铁。小钉子感到自己的力量小多了。他一步一摇地往家走，当他终于见到爸爸，刚说了一句："爸爸，我不舒服。"就昏倒在地。

不知过了多久，小钉子睁开眼睛，伸伸懒腰，觉得又轻松又舒服。原

来爸爸医好了他的病，加了油，擦了锈，修理了内脏、补好了皮，小钉子
又变得亮晶晶的了。

爸爸和小钉子多高兴啊！可是，太不幸了，齐切蒂又带着一大群人闯
来了，皮卢卡赶快让小钉子撞破墙，从家里逃了出去。

小钉子跑啊，跑啊，跑出了城。可是他的两只熨斗脚越来越重，而且
开始疼起来。

"总不能永远跑下去吧？"小钉子边跑边问自己。这时，他看见一辆货
车正停下来装货。他就赶紧藏进了一节闷罐。巧了，这正是一节装油的
车。于是，朋友们，你们想想吧，火车一路跑，小钉子就美美地喝了一路
油。

最后，他在一个陌生的城市下了车。他想找点工作干干，好赚点儿钱
养活自己，也许还能攒点儿呢，那就给爸爸寄去。

小钉子自信地到处找工作，可是他笨手笨脚地不是弄坏了这，就是撞
坏了那，没几天，再没有工厂要他了。

小钉子又饿又伤心。有一天，他在垃圾堆旁认识了小姑娘佩丽娜，她
又瘦又小，是个孤儿，总是受人欺负，却还要奉养一个凶狠的老太婆。小
钉子觉得佩丽娜是天下最可怜的人，于是他决定留在她身边，永远保护
她。

小钉子和佩丽娜成了形影不离的好朋友。他住在佩丽娜家里。白天他
们两个和那些穷人一样到垃圾堆里找东西吃，把最好吃的给那个可怕的老
太婆带回去。晚上，小钉子睡在佩丽娜的小床边，佩丽娜总是小心地用仅
能余出来的一点被子盖好他的脚。

自从小钉子来了以后，老太婆不敢再打佩丽娜了。没有人再让她打着
发泄了，老太婆恨死了小钉子。她整天阴森森地坐在角落里。

一天又一天过去了，虽然吃不饱，但两个朋友还是很愉快。

有一天，下了一场大雨，小钉子从头到脚都被淋湿了。水可是小钉子

的死对头。他们一回到家，佩丽娜就马上用布擦干他的全身，并用被子把他包得严严的。但毫无用处，小钉子还是病倒了。

为了治好小钉子，佩丽娜天天去找油，有时很晚才回来。但她总能带回一瓶油。可是，每次都被老太婆用水悄悄换掉，她可盼着小钉子快点死掉呢。所以，小钉子的病越来越重了，连咖啡壶的心脏也长满了锈。

这天，家里只剩老太婆和小钉子时，她悄悄走过来，敲了敲小钉子的胸脯，嘭嘭嘭，声音空洞凄凉。她乐得要命，拖着没有活气的小钉子，把他埋到了垃圾堆里。

一个拾破烂的乞丐在垃圾堆里发现了小钉子，他好不容易把小钉子从垃圾堆里拉出来，他想用他换几个钱。这时，周围就围上了许多穷苦人。他们马上认出了善良的小钉子，可是他已经死了。他们叹息着，任那个乞丐把他拖到炼铁厂去。

小钉子刚被拖走一会儿，佩丽娜就哭着跑来了。她在垃圾里又翻又找，可怜的佩丽娜，真的要伤心死了。一群孩子也过来帮她的忙。后来，有人告诉她说小钉子被卖到炼铁厂去了。佩丽娜便疯了一样向炼铁厂跑去。几个好心的孩子紧紧跟在她后面，他们也是佩丽娜和小钉子的好朋友。

孩子们赶到时，铁匠刚好拖着小钉子，要把他投到炉子里去。一个聪明的孩子叫里洛，他假装要和铁匠谈点事，趁铁匠把小钉子放在一边不留心的工夫，佩丽娜和几个孩子便悄悄把他拖跑了。

他们把小钉子拖到桥底下。孩子们七手八脚找来破布片和一点油帮佩丽娜擦小钉子的各个关节。渐渐的，他的身体亮起来，可他还是紧闭着眼睛，一动不动。他真的死了，他再也活不过来了。这位孤苦伶仃的小姑娘守着小钉子痛哭不止。她的眼泪流进了小钉子张着的嘴里，小钉子咳嗽起来，这胆汁一样苦的眼泪把小钉子从昏死中唤醒了。孩子们激动得又跳又叫，搂住了小钉子。小钉子虽然还很虚弱，但在伙伴们细心的照料下，终于渐渐好起来了。小钉子有这么多这样好的朋友，虽然他的心脏是用咖啡壶做的，可也感到友谊是这样伟大和美好。

小钉子和朋友们在一起，过得非常开心，渐渐忘记了爸爸。

突然有一天，邮差送来一封信，是爸爸寄给小钉子的。信上说皮卢卡爸爸非常想念小钉子。但他恐怕再见不到亲爱的儿子啦，因为没钱付赔偿费，齐切蒂要把他抓到监狱里去。

读完信，小钉子又难过又羞愧，是他连累了爸爸，现在却差点把爸爸给忘了。他把手扭得吱吱响，朋友们都静静地望着他。"我要立刻回到爸爸身边。"小钉子说。佩丽娜也要去，因为她不愿意和小钉子分开。

没有钱买火车票，朋友们帮小钉子在广场上组织了一场演出，让小钉子当木偶演节目。他们很快赚到了够买一张车票的钱。但心焦的小钉子急得不能再等了，决定把票给佩丽娜，而自己就钻进佩丽娜的大提包里混上火车。这样，他们马上就出发了。

佩丽娜带着沉沉的大提包，坐在二等车厢的角落里。突然一个急刹车，放在行李架上的大提包摔了下来，乘客们发现了小钉子。佩丽娜请求大家不要声张，乘客们都很同情他们，答应保守秘密。

这时，车门开了，检票员走进来。机智的佩丽娜赶紧把小钉子抱在膝上，并很快用小手帕给他打了个蝴蝶结。小钉子就像铁洋娃娃一样乖乖地坐在小姑娘的腿上。

检票员很怀疑地盯着看了老半天，觉得有点不对劲儿。佩丽娜赶紧说："这是个大铁洋娃娃，你瞧我按这儿，他能睁开眼睛喊妈妈。"佩丽娜说着便按了一下小钉子的胸脯。小钉子睁开眼睛，可他却习惯地喊了声"爸爸"，佩丽娜马上补充说这是制作上的毛病。检票员无可奈何，搔着头皮出去了。

小钉子马上打佩丽娜腿上滑下来，因为他知道她一定已被压得腿动不了了。可就在这时，检票员回过头来盯住了他们。小钉子吓坏了，赶忙伸手拉下紧急制动闸，轰隆一声火车停了下来。小钉子拉着佩丽娜跳下了火车，只听身后传来检票员气愤地大吼："这是我一生中发现的第一千次违章乘车事件！"可怜的检票员气得摔掉了工作帽，眼泪都要流出来了。

小钉子和佩丽娜从火车上跳下来后，整整走了一天，才来到城里的大监狱。沿着厚重的灰色监狱墙壁，小钉子大喊着爸爸。忽然，从一个窗户的铁栅栏中间，伸出了一个光亮的脑袋，那正是皮卢卡爸爸。小钉子一下子扑过去，抓住爸爸的手，呜呜哭起来。

在不远处站着几个宪兵，他们正在阴险地笑着，等着看场好戏。

突然，一阵奇怪的隆隆声由远而近，扭头一看，一辆坦克正朝这边开来。爸爸赶紧推开小钉子，叫他快逃。无奈，小钉子只得拉着佩丽娜逃走了。

他们躲到一个公园的灌木丛里，等着天黑后去救爸爸。

夜深了，小钉子和佩丽娜脚上缠着布，悄悄潜入监狱里。宪兵们睡得正香。小钉子折断铁栅栏，把爸爸救了出来。一切顺利，三个人飞快地向外逃去。

可事情决不那么简单，一心想得到小钉子的齐切蒂早就密切注意着他们的行动了。这时，他率领50辆坦克、100门大炮、1000名警察追了上来，把小钉子他们三人团团围住。坦克、大炮一齐朝他们的脑袋瞄准。

突然，小钉子怒吼起来："机器姐妹们，你们听着，人类发明机器是为了工作，而你们呢？却是战争的机器，帮助恶人做坏事，却把枪口对准了无辜的好人。作为你们的同类，我真替你们害羞……"

这一番话把一切人都震住了，坦克、大炮都羞愧地低下了头。"够了，给我往上冲！"齐切蒂不耐烦地叫起来。可是想悔过自新的武器们再也一动不动，它们只盼望重新回炉，下辈子投生为车床、拖拉机，造福于人类。

小钉子高兴极了，向"机器姐妹们"道了声感谢，便同皮卢卡和佩丽娜一溜烟地跑掉了。

齐切蒂气疯了，他马上放弃坦克大炮，带着1000名警察继续追来。不一会儿，小钉子、皮卢卡爸爸、佩丽娜又被围住了。小钉子虽也打伤不少人，但对手毕竟太多，小钉子已精疲力尽，要支持不住了。

这时老教授突然灵机一动，指着一根高压线对小钉子喊："小钉子，快抓住高压线！"

小钉子一听，使劲儿向上一跳，抓住了高压线，一股股耀眼的白光迸发出来，纠缠在小钉子身边的警察们立刻像打摆子发烧一样，个个被电得瑟瑟发抖。电流从这个人身上传到另一个人身上，齐切蒂也不例外，他们全像发了疯的芭蕾舞演员乱蹦乱跳。最后，齐切蒂不得不大声求饶，答应永远放弃小钉子。

小钉子和皮卢卡爸爸终于自由了，他们拉着佩丽娜快乐地朝家里跑去。

可是，触电以后，在小钉子身上也留下了严重后果，他的脾气越变越坏，一点小事儿也气得大吼大叫。那天，佩丽娜只是稍稍劝他别把三天的油一下子喝光，他就揪住佩丽娜的小辫子，又嚷又骂，还乱摔东西，最后用最让人伤心的话把佩丽娜赶走了。

小钉子马上后悔了，可他不好意思追她回来。天慢慢黑了，小钉子苦恼着，不知自己为什么变成这样。

这时，皮卢卡爸爸回家来，小钉子扑到他怀里边哭边讲了事情的经过。他说："爸爸，我不要铁咖啡壶的心，我要一颗真正的心。"

皮卢卡爸爸打开小钉子的胸腔，取出咖啡壶心脏。咖啡壶全锈住了，又充满了电，难怪它运转不灵了呢。皮卢卡有只金表，这是他唯一值钱的财产，他打算用它来作小钉子的心脏。那样，他的儿子就会有一颗美好的金心了。

皮卢卡爸爸全神贯注地做着手术，用钢丝把金表固定在心口，又拧好胸脯铁皮上的螺丝。现在，小钉子的心脏滴答、滴答走得又好又准。小钉子完全康复了，他再也不神经质地大叫了。可同时，有了金心的小钉子就感到了痛苦和内疚，他怎么可以把自己唯一的真正朋友赶走呢？被赶走的佩丽娜该怎样独自生活呢？小钉子越想心越痛，决定去找回佩丽娜，哪怕她到了天边，也要把她找回来。她会原谅自己吗？

小钉子告别皮卢卡爸爸，出门去找佩丽娜。可是，哪儿也没有佩丽娜的影子，她准是太伤心，到远方去了。小钉子不愿回家焦急等待，他也向远方找去。

走哇走哇，来到一个大广场，一个大马戏团正在演出，"也许佩丽娜太难过，来看马戏吧？"小钉子想，他就守在门口。马戏散场了，观众潮水般涌出来，小钉子爬上电线杆，可是人渐渐走净了，也没有佩丽娜的影子。马戏团开始搬东西，装道具，准备到下个城市去演出。

小钉子心里非常难过。这时，他看见三个小侏儒演员正汗流浃背地抬着对他们来说太大了的箱子，小钉子就走过去，帮他们把箱子搬到马车上。他问小矮子们他是否可以留在马戏团里到各地去演出，因为他要寻找他的朋友。

小侏儒们十分热心，把装扮成男孩样子的小钉子带到了经理那儿。经理问小钉子会表演什么，小钉子诚实地回答说什么也不会。这使经理很满意："我正需要一个什么都不会的演员，这样，我愿教什么，他就得学什么。我马上录用你。"

就这样，小钉子也坐上马车，跟着浩浩荡荡的马戏团开往另一座城市。

半路上，他们遇到了一条上坡路。马戏团里那几匹演马戏的大马不愿拉车，高傲地停步不前。经理叫来他的女儿、漂亮的骑师奥布拉，让她去命令那些马前进。可奥布拉傲慢地说她不是车夫，而是个艺术家。

没办法，马戏团不能前进了。急着要到下个城市的小钉子就跳下车来，代替马把东西拉到了坡顶。经理非常高兴，奥布拉却很嫉恨他。

再说佩丽娜怎么样了呢？可怜的佩丽娜被小钉子赶出来后，一个人哭着走在街头。这时一位怀抱小猫、衣着华丽但十分古怪的贵夫人走过来。她给了佩丽娜一点儿面包，就专横地把她推上一辆小汽车拉走了。从此，可怜的佩丽娜成了米莱蒂夫人的侍从小姐。每天都要练习一个小时磕头，还要用一个小时教鹦鹉说话，为米莱蒂的客人准备饭菜。晚上，还要给米莱蒂朗读枯燥无味的小说。佩丽娜整天疲惫不堪地干着这些无聊的工作，思念着小钉子和皮卢卡爸爸，不知何时能再见到他们。一想起这些伤心事，佩丽娜觉得自己真是天下最不幸的姑娘。

回头再来说马戏团，刚进城，经理就决定马上演出。经理让小钉子学习魔术。可是不成，他刚拿起表演魔术的瓶子，瓶子就碎了。经理还不知道他是个铁人呢，因为小钉子套着大毛衣，跟个真孩子没太大的区别，当然只是鼻子怪了点儿。经理还以为他力气太大呢，就让他学走钢丝。可小钉子刚走上去，钢丝就断了；学空中飞人，天哪！更了不得了，他一下就压断秋千，砸破了保护网，一头扎进沙子里去了。

小钉子真难过。经理也没办法，不敢再冒险教他别的工作，决定让他当佣人。小钉子很不好意思，但三个好心的侏儒劝他说："不管怎样，你留在了马戏团，这是找到朋友的最好办法。"

小钉子踏踏实实做了佣人。有一天，他去喂狮子，看见驯兽大王大胡子正在欺负三个小侏儒。小钉子非常气愤，狠狠教训了大胡子一顿，从此，大胡子和奥布拉一样，对小钉子怀恨在心，总想寻找一个整治小钉子的机会。

在马戏团里，小钉子和三个小侏儒最好。如果有谁再欺负他们，小钉子是决不会旁观的。那次，奥布拉为了显示自己，在舞台上出小侏儒三兄弟的丑，小钉子很生气，就躲在柱子后，偷偷揪住奥布拉骑的大马的马尾巴，结果奥布拉一头栽下马来，在观众面前出了洋相。

事后，大胡子说这是小钉子干的，这可让奥布拉气疯了，一个下贱的佣人竟敢这样？"咱们走着瞧吧"，奥布拉说，"会有好戏看的！"

不久，大胡子和奥布拉就想了个好主意。他们藏起了喂狮子的肉，到经理那儿说亲眼见小钉子把肉全吃了。经理气坏了，决定开除小钉子。

侏儒三兄弟听了这消息，很生气。决心帮助小钉子。他们知道大胡子的一个最大弱点。于是留住小钉子，让他坐在观众席里，看他们怎样整治蛮横无理的大胡子。

大胡子是有名的驯兽师，广告上说他是世界上最勇敢的人。现在我们就来看看这世界上最勇敢的人的表演吧。他勇敢地一个人待在狮子笼里，让狮子表演各种动作，观众不断发出兴奋的喝彩。大胡子正在兴头上，这时侏儒三兄弟悄悄来到笼子旁，往笼子里放了几只大老鼠，老鼠吱吱叫着，四处乱窜。这可吓坏了大胡子，他是天下最怕老鼠的人，他叫着，跳着，在笼子里像疯了一样找出口。观众们简直不相信自己的眼睛了。可没多久，观众就哄开了，他们觉得受了骗：大胡子根本不是世界上最勇敢的人！

观众们疯了一样把手里的东西向舞台上砸去，呼喊着要真正勇敢的人，要真正的驯兽师。

经理又急又怕，马戏团就要完蛋了。这时，一个佣人打扮的小孩钻进了狮子笼，观众顿时静下来。只见笼子里的狮子张开血盆大口，一起扑向小钉子，在一片令人毛骨悚然的怒吼中，小钉子不知去向了。马戏团里惊恐万状。经理、侏儒、还有许多演员拼命奔向笼子，可让他们难以置信的是：浑身打战的狮子像挨了打的狗一样，在笼里乱跑乱叫，从嘴里吐出了十几颗牙齿，被抓破衣服的小钉子站了起来。

观众沸腾了："这才是最棒的驯兽师！"经理激动地扑过来，这才发现小钉子是个铁孩子。他立刻请小钉子当了驯兽师，代替了大胡子。

小钉子和马戏团在这座城里待了很久，他们的演出受到了热烈欢迎。

小钉子已成了远近闻名的驯兽师，赚了很多钱。但当他独自一人时，总是非常忧伤，无论他怎样细心地在观众里寻找，也找不到佩丽娜的影子。她真的再也不肯原谅他，不来见他了吗？

一天早上，小钉子正在排练场，忽然看见表演空中飞人的小白云兄妹俩架着一个老头的胳膊，荡过整个场地，落到小钉子身边。啊，那不是皮卢卡爸爸吗？他十分想念小钉子，便赶来看望他了。父亲和儿子相见真是悲喜交集。又谈起佩丽娜，爸爸心里也挺难过。但他更担心小钉子，尽管他是位伟大的科学家，却找不到办法治疗他儿子的忧郁症。大家知道，机器的感情是无法改变的。

皮卢卡呆了很多天，他真心为儿子感到自豪。小钉子又是个非常孝顺的孩子，在父亲临走前，他把所有的积蓄都给了亲爱的爸爸。

看着小钉子整天那么忧愁，马戏团的演员们除了奥布拉和大胡子，都真心难过起来。最后，他们终于想出一个好办法，跑到电台要求广播寻人启事。

那天，电台播送寻人启事的时候，佩丽娜正在给米莱蒂做饭。像被一百根大头针扎了似的，佩丽娜一下跳起来，再也顾不上米莱蒂的怒骂，朝外跑去。其实，佩丽娜正住在小钉子现在演出的那个城市的郊区。佩丽娜再也不能和小钉子分开了，她拼命朝马戏团所在的那个广场跑。

佩丽娜闯进了入口，越过观众席，她看见亲爱的小钉子正把头伸进狮子大张着的嘴里。"小钉子，我在这儿！"这一声熟悉的呼唤，使小钉子忘掉了一切，他冲出狮子笼，扑向佩丽娜，他的那颗怀表心脏也兴奋得滴答滴答欢跳起来。

就在整个马戏团都欢庆的时候，奥布拉和大胡子正在布置一个新阴谋。为了赶走小钉子，他们秘密地给城里最可怕的台克一台克强盗集团打了电话，那是个专门偷盗、抢劫、杀人、绑架的集团。他们立刻派出两个人来到了马戏团。可是，当他们发现小钉子是个大力气铁人时，吓得逃了回去。

但台克——台克集团从不轻易罢休。他们立刻去找 K 博士。K 博士由于能发明制造万能钥匙、无声手枪等而变得非常有名。谁出钱，K 博士就替谁服务。一笔交易立刻拍板。

这天黄昏，当小钉子正拉着佩丽娜的手散步时，一辆奇怪的汽车朝他们驶来。从车篷下伸出一支金属长臂，小钉子被它奇怪的、闪闪发光的东西一下子吸过去了。原来，这是块强大的电磁铁，浑身是铁的小钉子怎能逃脱它的魔掌呢？佩丽娜奔跑着，呼救着，可汽车已无影无踪了。

小钉子被带到 K 博士实验室。台克集团想利用小钉子来偷盗。K 博士打开了他的心脏，用一台名叫"睡觉和工作"的机器使小钉子停止心跳，进入睡眠状态。这样，他们就能遥控他，达到想让他干什么就能干什么的目的。

小钉子被抓走了，马戏团的朋友们急得团团转。他们给皮卢卡打了电话，皮卢卡爸爸火速赶来了。他立刻动手制作一台跟踪电视，刚一通电，小钉子就出现在屏幕上：他头上戴着耳机，像梦游者一样张着两只胳膊走着。脸上的表情怪模怪样，真叫人害怕。大家盯着小钉子，不知他怎么了，可皮卢卡立刻明白了，他知道小钉子正受着遥控，而且，天哪，他正朝一个大保险柜走去，而且一拳朝柜子打了过去，啊！他正在抢劫银行呀！

为了救出小钉子，皮卢卡和演员们立刻骑着海豹、骆驼、大象朝银行进发，找到了无法辨认的小钉子，他正在 K 博士的遥控下，用力砸门，台克——台克集团的强盗们则急急忙忙往袋子里装钱。见有人拥进来，被控制的小钉子立刻一拳打过来，皮卢卡冲上去，一下剪断了遥控天线，而其他演员们一齐向那群强盗扑去。

小钉子好像沉睡了好几百年刚刚醒来，他听了爸爸简短的说明，立刻明白了这一切。他伤心地请求大家原谅，并很快参加了战斗。银行里热闹极了：佩丽娜正拿着把雨伞在匪徒头上猛击；荡秋千的小白云兄妹在吊灯间飞来飞去，抢回强盗手中的钱袋子；小矮子们战斗得更巧妙，他们顶着桌子撞翻了许多大个家伙；小钉子一点点将强盗们都挤到一个墙角里。最后，他们只能束手就擒，被绑到一起。

小钉子和大家又回到了马戏团。奥布拉由于良心猛醒，为所参与的行动悔恨难当，终于讲出了大胡子所做的一切罪恶活动。大胡子被判了刑。

发生了这许多事，小钉子和佩丽娜将永远不能忘记。当马戏团向另一座城市进发时，小钉子和佩丽娜离开了马戏团，回到皮卢卡爸爸身边去。小钉子因为幸福，心脏滴答滴答响着，连佩丽娜都能清清楚楚地听到。

（孙淇　缩写）

"全不知"游月球

〔苏联〕诺索夫　原著

　　地球上生活着快活、勤劳的小矮子，他们在大地上建设起一个富饶、美好、完全现代化的国度。

　　有座城市叫花城，花城里有个小矮子叫万事通。我们的故事就从万事通到月球探险归来后讲起。万事通可是个了不起的小矮子，自从月球探险后，他一直认为月球上也一定生活着月球小矮子，只是他们不是住在月表，而是住在月壳深处。

　　这个大胆的想法遭到了小星星教授的强烈反对，并为此召开了热烈的讨论会。会上，小星星激动异常，屡次被支持万事通的小矮子们扔到门外去。但小星星决不认输。到底月球上是否生活着小矮子谁也说不清，最好的办法就是再去月球探险。

　　万事通从月球回来，还带回一块月球石，那是从月球洞穴的峭壁上凿下来的，万事通把月石放在房中的窗台上，想好好研究一番。

　　一天夜里，万事通醒来，向月石瞥了一眼，他觉得石头在黑暗中好像发着一种柔和的、淡蓝色的光。月石在黑暗中能发光吗？这一发现让万事通又惊愕又激动。

　　第二天，万事通赶紧把这事告诉了朋友们。所以太阳刚刚落山，小急躁就第一个跑来了。不一会儿，小螺丝、小凿子、医生小药丸，还有小面包和全不知等好多小矮子都跑来了。

天渐渐黑下来，大家围着月石坐在黑暗中，月石连一点光也没有。直到深夜，大家完全失去了耐性，月石还是黑黑地呆在桌子上。最后朋友开着万事通的玩笑散去了。

这是怎么回事？万事通又观察了好几天，可月石有的夜晚亮，有的夜晚不亮，一点规律也没有。万事通用各种化学实验研究它的特性，可它不与任何化学物质化合，在任何温度下也不分解，这真是一种让人莫名其妙的物质。月石成了让人无法解释的谜。

万事通渐渐厌烦了对月石的实验。一天早晨，他打算把房间好好打扫一遍。当他从窗台上收拾书籍时，顺手把月石拿起来，塞到矿物标本壁橱的最下一格，在他直起身时，感到有点头晕，紧接着有种头朝下的感觉。万事通四下看看，确信自己并没有脚朝上，于是关上橱门，但突然他像被谁推了一下，把他抛到了天花板上。万事通就这样东撞一下、西撞一下在房间里飘起来，而且是以一种荒唐可笑的姿势在地板与天棚之间悬浮着。被他撞翻了的书架也飘起来，房间里到处都有书籍在浮动。这一切很像万事通去月球旅行时在宇宙飞船船舱中观察到的那种失重状态。

这是怎么回事呀？怎么突然出现失重现象？这不是在做梦吧？幸好万事通有一些失重经验，他像游泳一样飘到门边，好不容易打开房门，又用一种标新立异的方法艰难地头低脚高地飘下楼梯，到了饭厅门前。使他大吃一惊的是他的朋友们没有像平常那样坐在餐桌旁，而是以各种各样的姿势在空中浮动。椅子、凳子、盆子、勺子在他们四周漂浮着。有一只装满碎麦米粥的大铝锅也漂浮着。

一见万事通，小矮子们马上七嘴八舌地大嚷起来。他们还以为万事通在和他们开玩笑呢。

就这样，小矮子们毫无办法地飘浮在饭厅里，一不小心就要撞上锅碗瓢盆。大家非常苦恼，可就是弄不清世界到底发生了什么事。最后大家都飘得饿起来，就派小螺丝和小凿子去弄些吃的来。可等了好久也不见他们回来。原来，在失重情况下，是根本无法做饭的。米和面粉一倒出口袋就飘得到处都是，而且每拿一样东西，他们就得在厨房里来回飘上几十次。更糟糕的是小螺丝想到外面的工作间取密封锅时，由于开门太用力，他像鱼雷似的被反弹出去，一转眼就消失在围墙外面了。谁也不晓得可怜的小螺丝到底被发射到哪儿去了。

很久也不见小螺丝回来，万事通便决定出门去看看。为防再被发射出去，万事通在自己的腰上系了根绳子，绳子的另一端紧紧抓在小矮子们的手里，然后，万事通就像直升机一样向空中飘去，越飘越高，越飘越远，可还是看不到小螺丝。突然，一股下垂力紧紧抓住了万事通，还没有弄清楚怎么回事，万事通已被摔到院墙外了。这么说不是全世界都失了重，而只是在楼房四周二三十步的距离内才是失重区。

这时，忽然传来小螺丝的呻吟声，原来他也被摔下来了。万事通背起小螺丝，从围墙缝钻进来，刚跨几步，他们又飘起来。幸好伙伴们紧紧拉住绳子，才把他们拉回房子里。

到底是什么使这里出现失重区了呢？也许是月石吧？万事通打算查个清楚。

万事通好不容易上了楼，飘进房间，在屋子里游了好几圈才算把柜橱打开。这也许是个了不起的发现呢！万事通非常激动。他小心地把月石取出来，突然他感到后背被使劲推了一下，万事通跌倒在地板上，摔了个大马趴。接着，房间里就像地震了一样，原先在失重状态下到处飘动的物件都噼里啪啦地散落到了地板上。

月石一定是和什么矿物发生作用才产生失重的。因为它被单独放在窗台上时没有什么异常啊。万事通又把月石塞回去，失重状态马上又出现了。他开始把橱柜里的矿物一件件往外拿，直到所有的矿石标本都拿出来了，失重状态还是没消失。万事通失望透了。就在这时，他发现在柜子下格的角落里放着一小块不引人注意的小磁石。万事通毫不抱希望地把它拿出来，就在这一瞬间，万事通和飘起来的东西又摔到地板上。原来失重状态的出现是由于磁能与月石的能量相互作用的结果呀！而且月石和磁石必须得相隔一定距离。

万事通用月石和磁石制作了一个失重仪，这样，小矮子们就能控制失重状态。而且失重能给小矮子们带来多大益处哇！可以借助失重，移动很重的东西。还能建造大型火箭，并且只需很少的燃料，因为失重仪放在火箭里，火箭就等于没有什么重量，所以就能减少能量消耗，加大飞船速度，小矮子们就能到月球长期考察了。一个远征月球的庞大计划在万事通心里形成了。

在花城附近的黄瓜山，万事通带领小矮子们建起了一项大工程，他们要修一座宇宙城，制造一架大型火箭，飞到月球去寻找月球小矮子。

失重这个大力士帮了小矮子们很大的忙。他们很快完成了大型宇宙火箭的制造。火箭上部有一个操纵室，里边放置失重仪和电子操纵机。操纵室旁边是电钮室，里边只有一个电钮。只要一按这个电钮，就接通了电子操纵机，电子操纵机就会自行接通失重仪和所有其他仪器，依次安排好宇宙飞船正确飞行所必需的一切工作。

火箭里还有12个客舱，可以装48个小矮子，另外还有食品舱、化学舱、天文室和装着地球各种植物种子的仓库以及一些辅助房间。火箭完全组装完毕以后，总有许多小矮子去参观火箭的内部构造。全不知更是天天都待在里边，他对里边熟悉极了。

全不知脑袋里总能想些稀奇古怪的玩意儿。有一天他悄悄拿走了失重仪到水里去试验鱼儿的活动。这可气坏了万事通，结果两个人大打了一场，全不知被开除出月球探险小矮子行列。

不允许全不知飞月球，这可真是个不小的打击。要知道全不知老早就盼着去月球探险呢。

起飞的日子越来越近了，全不知愁得饭也吃不下，觉也睡不好，最后他终于想出个好主意。

就在火箭发射的前一天夜里，全不知找到小面包——小面包因为太胖，又不能适应失重，所以也不允许飞月——商量和他一起藏到火箭食品舱里去。小面包是个胆小的胖小矮子，可他不愿让全不知看出来，况且食品舱里又有那么多好吃的吸引着他，于是他就跟在全不知后面，趁着黑夜，悄悄潜到食品舱中藏了起来。

到了食品舱，全不知就放心地大睡起来。可是，小面包却睡不着，他想他最好还是放弃这次旅行，而应马上跑回家去。他害怕全不知会阻拦他，就悄悄爬起来，走出食品舱，想找到出去的门。可小面包对火箭一点也不了解，他转来转去，怎么也找不到出去的门。他急出一身汗，最后，他乘上电梯，来到一个小房间。在桌子上他摸到一个按钮，就不管三七二十一按下去，他马上处于失重状态向上跳去，同时还听到开始工作的喷气发动机的均匀轰鸣声。

聪明的读者一定会猜到，小面包按的恰恰是开动电子操纵机的那个电钮。结果，火箭在任何人都没有料到的那一刻开始了宇宙飞行。火箭借助自动瞄准仪，对准月球飞去，可小面包一点也不知道自己干了什么。

全不知醒来，感觉到了失重，还以为万事通他们已经开动火箭起飞了呢。可小面包哪儿去了，全不知飘出食品舱，打开电梯，发现小面包正睡在里面。

"他们全上来了吗？咱们正在飞呐！"全不知兴奋地喊道。

"往哪儿飞？可没有一个人上来呀！"小面包说，一边用拳头揉着眼睛。

全不知吓得心跳起来。他找遍了所有房间，连一个人影也没有。这么说，将只有他们两个朝月亮飞去了。可是谁开动了火箭呢？一定是小面包。全不知问他是否按过一个电钮，他说好像是。这可糟透了。火箭是小面包发射的，就是说现在只有他们两个在茫茫宇宙中朝月球飞去。

一点办法都没有了，两个朋友又回到食品舱，开始吃装在玻璃纸管中的宇宙餐。小面包一害怕就吃得更多了。他一天除了和全不知到天文室看看，就坐在食品舱里吃东西。

全不知从天文室的舷窗望出去，看见四周都是无底深渊似的黑色天空。天空里布满了大颗大颗的星星，一轮灿烂的太阳在星星中放射着耀眼的光芒。他们已经离地球很远了。

火箭以每秒12公里的惊人速度向月球飞去。舷窗上一只通亮的大球悬在上方，仿佛不是火箭向月球飞，而是月亮朝火箭砸下来。全不知通过天体望远镜都可以看清月表的山脉和圆谷了。小面包却害怕地缩起身子，宁愿回到食品舱里去。

火箭就要撞上月球了。突然悬在头顶的月球一下子翻了个个儿，我们的旅行家被甩到室壁上。一眨眼工夫，火箭已掉过头来，尾部对着月球了。火箭减低了速度，尾部喷出炽热的气流。

火箭平稳地降落在月球上，两个朋友惊魂刚定就下到食品舱，从容不迫地吃了点东西，然后穿好宇航服，通过火箭双闸门，跨到另一个世界里。

展现在我们两位旅行家眼前的是个神奇的世界：在漆黑、空旷的天空中，整个月表显得特别明亮和鲜艳。海蓝色的山脉向远方延伸着，远处还耸立着一些鲜红色山冈，像一动不动的火舌向上伸着。还有一些淡红色的山，像一堆一堆的云彩。由于月球上没有空气，所以远处的景色和近处一样清晰。

距离那群云彩山不远，有座像金字塔形的孤山，山下隐隐约约延伸着一条小路。这也许是月球人修建的吧，全不知精神抖擞地向月球小路大步走去，小面包只好紧跟在后。由于月球重力比地球重力几乎小六分之五，所以说走实际上是像蚂蚱似的在月表跳来蹦去，并且有一种头朝下的感觉。

月球上的白昼是炎热的，因为没有空气的阻挡，宇宙中的各种射线都能辐射来。全不知带着小面包忘了撑开宇宙伞，就在火热的太阳地里向金字塔跳去。

大约走了几个小时，才到达目的地。山洞里很凉快，却暗得要命。两个人打开手电就在这样黑咕隆咚的地方向前走，越走越冷。小面包有好几次劝全不知回去，可全不知毫不理会地往前走。

突然，隧道扩展开来，他们眼前出现了神话般的严寒世界。洞顶倒悬着无数晶莹剔透的冰溜，仿佛是一串串发光的花瓣。这座冰宫的高高石墙被严寒画满了各种奇妙的花纹。

全不知把这幅景色欣赏一番后，接着向前走，小面包跟在后面，他冷得要命，不断使劲蹦跳着，以致一只靴子从脚上掉下来滑走了。小面包赶紧去找，可他马上就在冰柱间迷路了。全不知在步话机里听到了小面包的呼喊，但他根本没法理会，他连照顾自己都来不及了，他正顺着一条光滑的陡峭隧道向月球深处滑去。

全不知不知道冰隧道要把他带到哪里去，他觉得自己正掉向一个漆黑的深渊。

不知过了多久，四周渐渐变得光亮温暖起来。全不知发现自己正飘在厚厚的云层上。渐渐地看见了绿色的田野，一条弯曲的河流，甚至看见了屋舍，还有城市中的街道。

宇航服后的小降落伞撑开了，全不知平稳地落在一丛矮灌木里。他惊奇地发现月球植物是这么矮小，树上的青苹果像小豆粒一样小得可笑。全不知脱下宇航服，藏在一丛灌木下，然后他朝城市走去。这座月球城名叫压榨城。

城市的大街小巷都挤着熙熙攘攘的月球小矮子，他们和全不知没有什么区别。街上耸立着高楼，开设着各种商店，和地球一样繁华热闹。

全不知来到一家饭店，他又累又饿，就要了很多好吃的坐下来吃。说实在的，这些食物一点也不比地球上的味道差，只是和地球蔬菜比，它们真的小得可怜。

吃完了饭，全不知心情好极了，他站起来要到街上逛逛。可是招待员马上走过来让他付钱。全不知一点也不知道钱是什么东西，在地球上是没有钱的，谁饿了谁就到饭店吃东西嘛，全不知又没从别人手里抢吃的。

全不知还傻愣愣地站着，招待员就喊来了警察，警察马上举起电棍给了全不知一下子，电得全不知两眼直冒金星，就这样，全不知因吃饭不付钱而进了月球监狱。

一个叫小鬼狒的警察把全不知带到了牢房。这是个很大的房间，许多月球小矮子正围着铁炉烤土豆。一看见全不知，他们就凑过来向他为什么入狱，全不知把事情的经过讲了，小矮子们都大笑起来，他们觉得全不知傻头傻脑，他们才不相信全不知是从另一个星球上来的呢。

"你不知道什么是钱吗？"一个短头发问全不知，他从口袋里掏出几个硬币，"你应该看看，这是最小的硬币叫山基克。100个山基克就是一费尔丁。我现在用15个山基克买你这顶帽子。"说着，短头发就摘下全不知的帽子，在他手里塞了15个山基克。"那么你呢，应该请兄弟们吃点什么，就用这15个山基克买些土豆烤着吃吧。"说着，他又从全不知手里拿回山基克，转身递给门外的小鬼狒。不一会儿，小鬼狒拿来一袋土豆。月球土豆真是小得可笑，全不知告诉大家地球上的土豆大极了，几个小矮子都抬不动。并且这次他来游月球带来了很多地球植物种子，一定能长出大型植物。

小矮子们一听又笑起来，烤好的土豆马上一抢而光。可全不知连一个土豆都没拿着，同时还失去了帽子。

一个叫小山羊的小矮子见他们这样欺负全不知，就和他们吵起来，他们立刻滚在煤灰里打成了一团。在一片混乱中，小鬼狒冲进来，举起电棍到处乱戳，结果小矮子们都像被割倒的庄稼似的纷纷倒下去。

当横七竖八的小矮子们苏醒后，都爬回自己的床。小山羊走到全不知身旁，告诉他千万要把帽子弄回来。因为他们的法律认为：如果小矮子没有帽子或衣服或鞋，就说明他们没有能力挣钱，他们就会被抓到傻瓜岛去。那里吃喝玩乐随你的便儿，小矮子们在岛上傻乎乎地过日子，慢慢就变成了山羊或绵羊了。全不知听了很害怕。这时一个叫小眨巴的小矮子走过来，答应帮全不知找回帽子，但全不知一出狱就要帮他给一个叫大骗子的人送个字条。

第二天，全不知和小山羊等人被释放了。临走时，小眨巴把帽子偷偷塞给全不知，帽子里还藏着一张字条。

全不知和小山羊按字条上的地址找到了"出售各种口径货物"的商店老板大骗子。大骗子看了字条，立刻给警察局长打了电话，用钱把小眨巴保出了监狱。

小眨巴一出狱就把全不知从地球带来大型植物种子的事告诉了大骗子。两个人商量了很长时间，最后决定要先成立一个大型植物股份公司卖股票。等卖够了钱，就造一架先进的飞行器飞到月表，取回种子，按股分配。这样他们会赚很多很多钱的。

但要成立股份公司，必须要先让人相信真有这样的种子，然后才会卖出去股票。于是，他们帮全不知找回宇航服，然后给报纸电台打电话，报告星外来人了。记者们一窝蜂地涌来，又拍照又报导，很快大街小巷都知道了地球人全不知和地球上的大型植物种子。没有土地的贫苦人好不容易凑足一费尔丁，充满希望地买回一张股票。那些想发大财的有钱人也来买股票，500万张股票很快就卖完了200万张。

不久，出现了一个对大型植物股票感兴趣的大财主，他就是掠夺城的首富大章鱼先生。他的财产共有整整10亿费尔丁。他有很多工厂和土地，成千上万的小矮子在他的田里干活。当他听说那种地球上的种子真能结出大型果实时，心里很不是滋味。如果农民都能种出像房子那样大的一棵庄稼，那将来还会有谁给他干活儿呢？不行，他决不允许地球上的种子种到月球的土地上。他要让大型植物公司破产。

于是，大章鱼密召大总管小螃蟹先生，派他立刻动身前往压榨城，收买大骗子和小眨巴他们，劝他们带上款子溜走。那时，人们就会看到这一切都是平常的骗人勾当，他们就不再幻想那些该死的种子了。

小螃蟹按大章鱼的吩咐来到了压榨城。找到大骗子和小眨巴，答应给他们200万费尔丁，让他们立刻离开压榨城。

这样的美事，大骗子和小眨巴当然毫不迟疑地答应了，于是小螃蟹立刻给大章鱼发电报："两头驴要200万，怎么办？小螃蟹。"

一接到电报，大章鱼立刻召开大财主会，把事情的紧迫传达给财主们，并且说大骗子他们要300万费尔丁。

大章鱼的发言刚结束，立刻遭到吝啬鬼先生、守财奴先生和贪婪鬼先生们的强烈反对。并且吝啬鬼先生用尖涩的嗓音发表完自己的意见，就气愤地挥舞着手杖挤出了会议室。

大章鱼先生马上宣布把吝啬鬼开除出财主组织，从此，任何财主都不能和他来往。这个宣布立刻使其他财主老实下来，乖乖掏出支票本，300万问题很快就解决了。

一拿到200万费尔丁，大骗子和小眨巴马上收拾东西，卖了各种口径货物的铺子，又背着全不知和小山羊拿走了全部卖股票的钱，只在保险柜里留下两张去圣蚊子城的火车票和一张字条，告诉他俩去圣蚊子城找他们。一切准备好以后，他们就逃往了圣蚊子城。

可怜的全不知和小山羊还什么也不知道，他们做了一夜的噩梦。第二天一大早又来到股票办事处，打开保险柜，天哪！什么都没有了，只有一张字条和两张火车票。两个人看了字条，完全傻眼了。这时就听门外闹翻了天，原来大章鱼早就安排好《压榨城幽默报》刊登了大型植物种子纯属谣言，只不过是场骗局和大型植物公司破产的消息，股民们都跑来要求退钱。

门被撞得咚咚响，马上就要撞开了。全不知和小山羊吓得要命，他们马上找了一些绳子接起来，顺绳滑下楼去逃跑了。

他们来到火车站，爬上开往圣蚊子城的火车，两颗吊到嗓子眼儿的心总算落下去了。

全不知和小山羊来到圣蚊子城，却到处也找不到大骗子和小眨巴。两个人身无分文，又饿又累，只得靠干点杂活赚点钱。他们住进了每晚只收10个山基克的"死胡同"大众旅店的负二楼。所谓负二楼，就是说这座楼不仅往地上修，而且还往地下修，负二楼就是地下二楼的意思。

这是个又脏又破的房间，挤满了贫困不堪的小矮子。最糟糕的是老鼠比人还要多，若是你半夜下床，不踩到几只耗子尾巴才怪呢。更可怕的是有些老鼠就喜欢咬小矮子的脖子。

全不知和小山羊白天出去找活儿干，晚上睡在小矮子和耗子们中间。全不知有时睡不着，听着小矮子们在噩梦中的痛苦呻吟和喘息，思念着遥远的地球母亲怀里的幸福家乡，也许再也回不到那儿去了吧？他也常想起小面包，不知道他现在怎样。也许他会回到火箭里去吧，食品舱里的食物够一个人吃一年零四个月的，全不知就这样想啊想，慢慢进入了梦乡。

刚到达月球的那天，小面包弄丢了宇宙靴，后来又丢了全不知，他只好光着一只脚回到火箭里。他整天坐在食品舱里吃东西，刚四天，这个大胖子就消灭了全部食物，他想：全不知没回来，也许他到了有吃的地方了。于是，小面包便换好宇航服去寻找全不知。

同全不知一样，他也顺着光滑峭壁滑下去，飘到了一个叫多神城的海滨城市里。最初，他在那里开了个小盐场，因为他来之前月球人还不会利用盐。可后来，当月球大富翁们纷纷开起大盐场时，他的小场很快倒闭了，他成了海滨游艺场里一个贫穷的推磨盘的工人。

小面包吃了很多苦，他变了很多，他改变了贪吃贪玩的习性，对穷苦人有了更多的同情心，而且在其他工人的带动下参加了自由推盘工人协会，看了很多书，和大家共同组织对老板们的斗争。现在的小面包，可不是从前好吃懒做的胖家伙了。

再说地球上，万事通在预定飞往月球的那天早晨醒来，向窗外看了看，没看到宇宙飞船，他这一惊可非同小可，是谁发射了火箭，难道是它自己飞了吗？万事通风风火火跑到宇宙城，可是火箭基地是空的，哪有什么火箭呐。

这时，好多小矮子也都跑来了，他们又急又躁地问万事通火箭怎么不到时间就发射了。

小矮子们一上午都满城走来走去，互相询问，是不是有人夜里看到了什么可疑情况。可夜里大家都睡了，谁也没看见什么。直到中午才有了新消息：全不知和小面包失踪了，大家怎么也找不到他们。万事通一得到这个消息，马上猜到发生了什么事。这时，天文学家玻璃片跑来告诉万事通，说他昨夜站在自家房顶上用天文望远镜观察星辰时，发现了一个火箭迅速消失在地平线下。现在毫无疑问是全不知和小面包朝月球飞去了。万事通恼得差点儿要把头发揪下来，他气得都不知该怎样骂那两个冒失鬼。

除了再造一艘外，没有别的办法了。可这次却不那么容易了。因为没有失重仪，无法再造那种大型、快速、节能的火箭了。费了很长时间，终于造成了一种多级宇宙飞船。这次仅仅能装12个人。

新火箭"倒鲋号"终于成功起航了。他们朝着月球的方向飞去。完成了38万公里的航程后，"倒鲋号"开始慢慢向月球降落。他们找到了旧火箭的位置，就将"倒鲋号"落在离它不远的地方。

万事通、小星星教授、工程师铆钉锤等人立刻搜查了旧火箭"全面号"的所有房间，却没有发现全不知和小面包。这时，他们看到了远处隐隐约约的小路，一行人便朝那座月山走去。他们在冰洞里发现了一只宇宙靴。再往前走，就来到了漆黑的冰隧道前。也许全不知和小面包就从这儿下去的吧？大家把登山杖扎到冰里，又用绳子互相连接起来，派玻璃片小心地向隧道滑去。玻璃片用步话机不断将得到的信息传递给大家。他们很快听到他说："我正悬在一个深渊上，下面是一片云雾，仿佛有绿色的田野和河流……"

这个消息让大家激动万分，他们赶快回到火箭里召开紧急会议。看来月壳与月核之间果真有厚厚的空气层，月球的小矮子一定生活在这上面。旅行家们想用失重仪把"倒鲱号"运到山洞里，开到下面去。

大家马上分头行动，把植物种子都搬到"倒鲱号"，然后利用失重仪把火箭移向山洞。他们在山洞里，采了好多月石，并且又发现了一种反月石，只要身上带着一小块反月石，他就不会再受失重的影响。这一发现让大家激动万分。当打开失重仪，火箭向隧道驶去时，旅行家们再也不用东倒西歪地飘在舱里了，他们都好好地坐在座位上。因为每个人都带了块反月石。

钻过云层，火箭出现在一座名叫幻影城的上空。地球人惊喜地看见城市中的大街小巷都挤满了人，他们都朝天空欢呼着。但似乎有警察挥舞着什么，不断将人群冲散。

最后火箭安全降落在一片森林中空地上，宇航员们一个接一个走出舱外，他们都笑起来，因为月球植物太小了，幸好他们带来了那么多地球种子。

不久，附近的一个农民来了，手里拿着一张股票。他把全不知和股票的事说了，还说他和乡亲们都相信一定会有这样的地球种子。万事通他们虽然不明白股票是怎么回事，但他们被真诚地感动了。同时也为打听到了全不知的消息而高兴。他们给了那个农民很多种子，和一个失重仪及一些反月石。告诉他如果警察来抢种子，就揣上反月石，打开失重仪，警察们就没办法了。后来，很多村庄的农民都来了，到处都种上了地球种子。而且那些失重仪也给那些警察们很好的教训，他们总是被摔得鼻青脸肿。月球上，渐渐觉醒的小矮子越来越多，而且不久将来，月球上将不存在饥饿，因为地球的大型植物种子正在发芽开花。

万事通他们好不容易在多神城找到了小面包，又在傻瓜岛救出了全不知和所有还没变成羊的小矮子，见了兄弟们的面，全不知和小面包真是又喜又悲又惭愧。他们什么也说不出来，只能一遍又一遍地重复："弟兄们哪！弟兄们哪！"在月球上欢聚，万事通早原谅了他们的冒失，大家又像从前一样亲切友好。

可是没多久，全不知突然病了，病得很奇怪，既不痛也不痒，只是一天天苍白无力。他总在问："太阳在哪儿呢？"因为在月壳深处，除了有射线的折射光外，是看不见太阳的。

经医生小药丸检查，全不知得了思乡病，必须立刻返回地球，否则他不会活下去了。

于是大家马上准备返航。一切准备妥当，告别月球小矮子，飞回月表，换乘"全面号"，火速飞回地球。

当火箭降落在大地上时，全不知已虚弱得奄奄一息。但他还是挣扎着让大家把他抬到阳光下。当全不知看见头上晴朗的蓝天，白白的云朵和高处闪耀的太阳时，他的眼泪流下来。原野中吹来碧草的清香，全不知一下子跪倒了，脸冲下趴下来，吻起大地，帽子从他头上掉下来，他低声说道："母亲啊，我的大地！我永远不会忘记你！"

（孙淇　缩写）

罗姗娜和机器人

〔英国〕比林顿　原著

5月的一个下午，罗姗娜放学后回到家，却被妈妈赶到了花园里，因为她实在太吵了。

罗姗娜坐在花园里的秋千上，心想："真奇怪，秋千会使人变得那么困倦，我猜我推动摇篮的时候，玛丽也一定感到很困倦。"玛丽是她的洋娃娃呢。

过了一会儿，罗姗娜觉得有人在拉她的裙子，睁开眼一看，是个从来没见过的漂亮女孩，和她的洋娃娃玛丽太像了，而且那女孩也叫玛丽。

罗姗娜跟着玛丽去见女皇，她发现那女皇真是美得出奇。女皇斜躺在四周都是垂帘的御床上，闪亮的衣裙拖到地上……

女皇为了高兴，让罗姗娜为她表演了头倒立，还为她唱歌，直到她厌倦了为止。

罗姗娜刚转身坐下休息，突然有一样轻柔的东西从她头顶擦过，接着传来一阵尖厉的声音。只见一个光身子的小天使正坐在一团长沙发大小的蓬松云团上，吹着一只闪电的喇叭飞进屋来。

女皇被惊醒了，但她并没有生气，她转向罗姗娜说："这是我可爱的小天使，佐儿。"

"噢！罗姗娜吃惊地叫了起来，怎么小天使和自己的妹妹同名。小天使吃吃地笑了，接着她又难过起来："凯蒂不见了。"

女皇脸色发白，她身上粉红色的衣裙也变成了忧郁的紫色，房间里的光线也变成了惨白色，原来以前那粉红色的光芒是从女皇身上发出来的呀。罗姗娜这才明白。

正在这时，一只大鼹鼠样子的东西突然从女皇身底下蹿了出来，一下把女皇像颗黑色带银光的流星一样顶到了天花板上。她在天花板上悬着，停了一会儿，又轻轻飘落下来。

原来这就是法术师麦特，他头戴一顶高高的尖帽子，手拿一根魔杖，身披一件由几十种颜色的光线组成的斗篷。他身上装有自动光线仪，滴答滴答响着，身上还发出奇怪的机械颤动声。他看上去一半像法术师，一半像机器人。那对深棕色的眼睛正像她哥哥麦特的一样。

"如果我的镜子没弄错的话，可怜的凯蒂一定是被清洗鬼们绑架了。"女皇说。要知道，女皇有一只能找人的镜子呀。

"噢，先让我们开始和这个女孩组成遥感联系，不过我需要一个助手。"法术师说。

罗姗娜马上说："我准备好了。"

"你只要握紧我左手腕上的黄色按钮开关，当我说'金门开'的时候，你就屏住呼吸往上跳。"法术师说。

很快，罗姗娜就觉得像乘一部很快的电梯一样往下降，他们穿过一层又一层虚化了的地板，过了好久才来到一个漆黑一片的地方。

"金门开！"随着麦特一句咒语，亮起一道耀眼的闪电，又响起一片哗啦啦的爆炸声，罗姗娜所在的屋子，到处有东西亮了起来，动了起来。罗姗娜看到屋里有整整一排的屏幕，屏幕边框不是通常的灰色，而是红色、蓝色或绿色的。几百条崭新的电线突出在屏幕背面，一直延伸到屋顶。屏幕下面的大控制台上，装有密密麻麻的旋钮，还不时发出"嘟嘟"的声音。

法术师走到控制台前站好，说："当我说出那句咒语时，你按一下麦克风旁边的一个金色按钮，集中思想，先正想30秒，再反想15秒，然后口齿清楚地读出那女孩的名字，越慢越好。"

罗姗娜深吸一口气，按下了金色按钮，由于她不知道什么叫正想，什么叫反想，所以她想先倒读45秒的数字，然后叫一声凯蒂的名字。刚要开口，突然一声爆炸，随着而来的是一片漆黑，是保险丝断了。

法术师修好保险丝，和罗姗娜又重来一次。立刻，在所有屏幕中，有一幅蓝色的屏幕响起了轻微的嘶嘶声，几秒钟后，显出了略微偏蓝的巨幅活动彩色图像。那竟是一只栖息在一幢房顶的鸟窝里的大鸟，它看上去像在打电话。

"你的思想一定没集中在凯蒂身上，你一定是想着一只鸟了。"法术师冲罗姗娜大吼道。

"我没有。"罗姗娜叫道。事实上，在她数数字的时候，她的脑海里已闪过一个人，那就是她的爸爸。哎，那只打电话的鸟要是没有羽毛，就跟她爸爸长得非常相像了。

"我们再试试吧。"罗姗娜提议说。

第三次开始了，这次她把注意力全集中在可怜的、被绑架了的凯蒂的命运上。随着一声充满哀怜的"凯蒂"的叫声，棕色的屏幕闪动起来。最后总算出现了一幅图像。

"放开我！我要回家！"

"噢，可怜的好凯蒂。"罗姗娜说。她实在不敢相信，那图像上的女孩和她表妹凯蒂长得很像，要看清她不容易，因为整个屏幕都被蒙上了一层讨厌的绿色。那女孩的身子被四五个样子可怕的动物抓在手中。

一个清洗鬼手拿一大瓶洗发水走近凯蒂，另一个拿着一把尖齿大梳子走了过来，第三个手里拿着靠垫那么大的一块海绵，发出像猪一样的叫声。

"根据沾在清洗鬼脚趾间的动植物碎片推断、它们的位置是东北偏北，指北针方位读数是30度乘26.0085度。走，我们到女皇那儿去。因为她自己没腿，有很多交通工具。"法术师肯定地说。

罗姗娜吃惊地跟着法术师又回到了女皇的房间。只见女皇的床边有一张桌子，桌子的另一边坐着一只又大又吓人的鸟，就是她曾见过的，停在她家屋顶上的那只鸟，它正自在地喝着酒。

女皇请罗姗娜和法术机器人一起吃饭，然后她对那大鸟说："亲爱的老鹰，你能不能驮他们到清洗鬼王国去？凯蒂正在那儿受罪呢。"

"好吧，快走吧！麦特帮罗姗娜一把，一定要看着她把安全带系好了。"老鹰不耐烦地说。

"安全带！"罗姗娜惊叫道，千真万确，老鹰的背上具有最豪华的汽车所有的优点，不过没有一点缺点。安全带是用又轻又牢的弹性丝绸做的，使用它既安全又不会勒人。

法术机器人和罗姗娜爬上老鹰的背，只听一阵跟飞机的发动机开动的声音差不多的呼隆声，翅膀一扇动，他们腾空而起了。

老鹰按照法术师的指示向清洗鬼国飞去。过了很久，他们在树林间一块长满小草的空地上降落下来。

这儿到处都是绿色。他们正坐着吃早饭时，突然周围的光线越来越强烈，也越来越绿，接着树林后出现了一整队清洗鬼。在它们狰狞苍白的面孔两旁，抖动着鲜绿色的，像拖把一样的头发。它们的手臂骨瘦如柴，手上长着爪子一样长长的指甲，一前一后挥舞着。前三排清洗鬼都肩扛各式各样的长柄刷，上面的鬃毛又尖又硬。后面三排清洗鬼都拿着鲜绿色的水桶。在它们前面，跳跃着一个手拿一把剪指甲的剪刀的清洗鬼。第三批清洗鬼有的拿着巨型牙刷，有的拿着巨型牙膏，领头的那个扛着一块比它身体大两倍的金刚砂板，艰难地走着。

这时，清洗鬼们发现了林间空地上的人们，随着首领的一声号令，清洗鬼们一齐向罗姗娜他们扑来。正在这关键时刻，老鹰振翅起飞了。

"别飞太高了，现在我们离凯蒂已经很近了，我想试一下我的新半导体遥感电视机。"法术机器人大声说道。只见他从左边身体的面板下，拿出一架粉红和白条子相间的电视机。这电视机只有他手那么大。当他按下机子旁边的一个按钮时，一根天线伸了出来，拖在他们后面。法术师拉了一下屏幕上端的银色手柄，屏幕里立刻沙沙响了起来，然后出现一幅画像，那是个漂亮的由粉红色和白色组成的小女孩。

"图像一点也没抖动，"法术师骄傲地说，"这说明我们已经很近了。"

罗姗娜和法术师都朝下看去。就在他们下面有一幢长形的、闪着绿光的房子。那房子的一个小窗里，有一只粉红色的小手挥动着。

"水！"法术机器人一声尖叫。

罗姗娜看到他们下面有一大片水环绕着冲洗间。水很深，像一条冒着泡沫的绿色护城河。

老鹰平着身子掉了下去，接着它利索地收起了翅膀，骄傲地昂起头，像船一样浮在水面上。"清洗鬼们不会游泳，它们是通过吊桥走过护城河的。不过现在吊桥已被拉起来了。那就是说，大部队已经出去了，我们正好救凯蒂。"

"进到下水道之前。"法术师对罗姗娜说道，"你先轻轻地呼叫凯蒂，和她取得联系。"

罗姗娜刚一叫完凯蒂的名字，从窗口后伸出了一只粉红色的手，挥一挥又不见了。

"你把屋里地上下水道的铁盖子拿开等着，罗姗娜会从那里进来。"老鹰说着，让法术师递给罗姗娜四个用防水纸包着的小纸包，那就是他们对付清洗鬼的武器——污泥。

"现在这污泥又干又轻，但是在使用之前千万记着别碰到水，要不然这污泥就变大了，而且重得要命。"法术师叮嘱罗姗娜说。

罗姗娜将纸包塞进运动鞋，捏紧鼻子，闭起眼睛，纵身一跳。她的手指一找到护城河墙上的一个下水道入口，就一头钻了进去。接着她就出现在那间冲洗室的地板上了。

这时，门开了，两个清洗鬼走了进来。罗姗娜立刻掏出两个纸包，撕掉外面的塑料纸，把污泥在她的湿手上搓了搓，就向清洗鬼扔去。那两团污泥一碰到清洗鬼那湿漉漉的脸，立刻变得又粘又黑。那两个清洗鬼都成了瞎子，在房间里跌跌撞撞地乱转，一会儿便都掉进了下水道，被水吸走了。

两个小姑娘跑出门，跳到老鹰背上。这时一大队清洗鬼从吊桥上下来了。老鹰艰难地爬上岸，可它怎么也飞不起来，因为人太多了。

"没必要让所有的人都遇险。"法术师说着跳了下来，接着把罗姗娜也拉了下来。老鹰扇着翅膀飞上了高空。

"拉住手！让我们跳吧！金门开！"

他们往上跳了起来。下降、下降……过了好久，他们才落在什么绷紧的、光滑的东西上，马上又被高高弹起，好像蹦床似的。罗姗娜抬头一看，只见他们头上密密麻麻的有许多黑色的圆孔，每个圆孔显然都连着一个通道。

正在这时，一只巨大的红色圆球呼啸着砸下来，正巧从罗姗娜和法术师中间穿过，落地时发出"吱"的一声尖叫，然后又向屋顶弹去，钻进一个圆孔不见了。

"恐怕我们才脱虎穴，又入狼窝了，我们从清洗鬼国地面的裂缝钻进，直接从弹跳鬼国的地面上钻出了。"法术师严肃地说，"我们最好用自己的方法弹跳起来，然后找到一条通向外面去的路。好了，跳吧！"

罗姗娜绷直身子，假设自己就是一架喷气式火箭推进弹跳器。她穿过洞口，沿一条黑魆魆的通道滑了下去，接着又是几个洞口和通道。

"这些弹跳鬼很笨，只有别人叫它们伤害我们时它们才这样做。它们唯一能干的就是尖叫着落下来，又弹上去，把毫无防备的软体访问者砸扁。"法术师说道。"现在我们该走出清洗鬼的领地了，我们又要向上跳了。"

罗姗娜没理会法术师的话，她早已睡熟了，法术师只好紧紧拉住她的手，叫了一声："法气升天！"就跳了起来。

当罗姗娜醒来时，她发现自己正独自一人坐在一片柔软的沙质平原上，四周荒无人烟，法术师到哪儿去了呢？罗姗娜急得哭了起来。

转眼之间，一件奇怪的事情发生了，在她的面前出现了一大堆诱人的水果和蔬菜。罗姗娜高兴地吃了起来。她一停止哭泣，植物也就停止了生长。

突然，法术师的声音传来："抓住我的脚！快！不然我又要飞走了！"

还没等罗姗娜反应过来，只见一双黑色的、头上尖尖的鞋子飞快地从天而降，砸扁了醋栗树丛，又飞快地离开了地面。"都是你的错！为了帮助你逃出弹跳国，我启动了我鞋子的助推发动机，现在我没法关掉它们了。"

法术师渐渐地消失了。

罗姗娜沮丧地坐在地上，现在她的任务很清楚，就是做好准备，以便在法术师再次下降时抓住他，脱掉他那双不听话的鞋子。

这时阳光下掠过一个黑影，一个小小的女孩的身影从空中翻着跟头飞快地掉了下来，周围溅起很高的一片柔沙。凯蒂的一半身子陷到了沙土里。

凯蒂一面扭动着身子，想自己试着拔出来，一面解释道："事情就发生在老鹰参与了东方神和西方神争论的时候。"

"确定东方和西方的最好办法是看太阳。因为太阳从东方升起，从西方落下。"罗姗娜一面帮凯蒂挖沙子，一边说道。

"在我们刚才的地方，太阳就在我们的头顶上，它一直待在那儿。"

罗姗娜拼命地往外挖她的表妹，可表妹现在陷得似乎更深了。不久，沙土已埋到了她的肩头，凯蒂急得哭了起来。

不一会儿，凯蒂的身子就慢慢地露了出来，当凯蒂最后那部分身子猛地一下蹦出来时，罗姗娜还没来得及抓住凯蒂的手。一眨眼，罗姗娜惊恐地发现，眼前的凯蒂正伏在一棵枝叶浓密的大树上。那棵树长得那么快，此刻已经有一幢房子那么高了。

几秒钟后，整棵树上都开满了淡颜色的鲜花，花瓣轻轻地飘落下来，树上就长出了很大的、鲜红色的樱桃。

罗姗娜忧心忡忡地望着那片耀眼的沙漠，心里想着：总不能让凯蒂在树上待一辈子呀。

"噢！法术机器人！"罗姗娜跳了起来。

只见那闪光的黑影子越来越近，猛地撞到最高的树梢上，接着就顺着一根根的树枝往下掉。

罗姗娜抓住他的脚，可鞋带就是解不开。

"我又要飞走了。"法术师哀叫了一声。

但就在这时，发生了一件不寻常的事。法术师的黑尖帽深深地扎进了樱桃树最下端的那根最粗的枝杈上。罗姗娜连忙上前解下了法术师的一只鞋，几乎在同时，另一只也掉了下来。

"救命！救命啊！"远处传来凯蒂的呼救声。

罗姗娜连忙把法术师和他的帽子拔了出来。法术师立刻脱下斗篷，把它张开，像一个吊床一样在树枝下撑开。

凯蒂刚一跳下，那棵树就倒了下去。

法术师把耳朵贴在沙地上，"要是我们运气好，这可能是一种什么交通工具。"说着，他从一个袖子里拔出一根银色的小天线，小心翼翼地装在他的尖帽顶上，他们就朝着法术师抖动的天线指引的方向艰难地走着。

不知走了多久，他们爬到了一座小山的山顶上，他们一起看到了山下的东西。在一片茫茫的沙漠中，盘旋着一条单轨铁路，这条铁路能把他们带出沙漠。

"滚下山去吧！这是最快的下山办法了。"罗姗娜一面叫着，一面把裙子的边都塞进运动鞋。他们像三根香肠一样滚了下去。凯蒂第一个滚到了山下，她的第一个念头就是呼救停车。

一声刺耳的刹车声，车速慢了下来。他们三个急匆匆地扑了进去，终于成功地逃出了沙漠。

此刻火车开得很快。"你们的票！"一个响亮的声音在他们耳边响起，一个红彤彤的圆脸正贴在车窗上。

"亨利！"罗姗娜突然跳了起来道，"是胖亨利！我们班最笨的学生。你在这里干什么？"

"这是我的火车。"那张脸气得更红了。

法术机器人连忙打圆场，这才使胖亨利消了气，重新开车去子。

这时火车正在爬陡坡、车厢的一边是陡峭的岩壁，一边是可怕的悬崖。正在这时，一个声音大叫起来："对不起打扰你们了，我叫爱尔格农。你们知道那个叫佐儿的小天使吧，她独自一人放在被山顶戳住的一朵云里。我打算把她叼出那朵云，当你们到山顶时我就把她扔进来，可以吗？"一只老鹰拍打着翅膀说。

"当然可以"罗姗娜答道。

但就在这时候，火车已穿过云层，到达了山顶，然后猛地冲了一下，随后火车以飞快的速度冲下山去，罗姗娜她们全都摔倒在地。

当火车逐渐恢复了平衡时，他们又坐了起来。这时，那只老鹰又出现了，"由于你们突然下降，我错过了你们的车厢，不过我想法把她扔到了最后那节车厢里。"说完，他就飞走了。

火车穿过一片原始森林，走过荒凉的沙漠和石山，现在他们正行进在最美丽的森林中，两边都是绿色植物，开满了鲜花，上面还有鸟儿在歌唱。

"瞧那边的花，多漂亮呀！噢，我真希望它们离我们近一些，如果我的手再长一点多好。"

"我的手比较长，让我试试！"罗姗娜把头和半截身子都探到了窗外。"把我抱起来一点，凯蒂，那样我肯定可以碰到……"

"罗姗娜！"凯蒂一声尖叫，罗姗娜被那朵红花的花瓣把她的手夹住，并被拖下了火车。

罗姗娜绝望地看着火车沿着铁轨消失了。

罗姗娜被一些吃人的花朵包围着，她怎么挣扎也挣脱不开，现在她只好疲倦地睡去了。

突然一种噪音传进了罗姗娜的耳朵，小天使晃动着手中一片卷起来的长叶出现在她面前。"我把我的喇叭留给你，每隔10秒钟就吹一次，它会使你保持清醒，吓退鸟雀，还能帮助我给他引路。"

"他是谁?"罗姗娜没有得到回答，小天使已经飞快地消失了。

过了不久，绿色的森林开始厉害地摇动起来，最后分开了，一个棕色的巨人从最高大的树木之间荡了过来。小天使正坐在他的肩头上。

只见那巨人两只手各抓着一把大红花，他必须抓得很紧，因为那些花不断地尖叫着，还拼命扭动着身子，想咬拽着它们的铁拳。

几分钟以后，红色的花瓣垂了下来，接着那红色就变成了肮脏的咖啡色。

正当火车里的法术师和凯蒂对罗姗娜的返回感到绝望的时候，罗姗娜和小天使又和巨人一起回来了。

罗姗娜茫然地坐在车厢的地板上，突然她和凯蒂同时发现对方的脸色变得发紫了。原来温度一下子降了下来。

火车已钻入了一条漆黑的冰隧道，罗姗娜他们只好尽可能地耐心坐在那里，等待着。

事情很快就弄明白了。事先也没说一声，火车就"呼"地一下穿出了隧道，于是他们发现他们来到了女皇的花园。

罗姗娜下了火车，来到女皇的房间里，可那儿空无一人。这时那个小个子洋娃娃玛丽走到她面前，递给了她一封信。那是女皇写给她的。信中说让她带着"右方面军"全体人员，到汉普斯丹山上去找她。

毫无疑问，女皇是被清洗鬼抓去了。

事不宜迟。罗姗娜马上骑上老鹰爱尔格农的背，和她同行的还有玛丽和凯蒂。

当爱尔格农准备降落时，由于刹车失灵，罗姗娜被摔在了一个水塘的正中央。这时，胖亨利和法术师等人也气喘吁吁地推着一门奇形怪状的大炮赶到池塘边。

法术师站到那门大炮的后面，一个口袋形状的东西突然"嗖嗖"响着穿过草地，到了池塘边，"扑通"一声扎进了泥塘里。顷刻间，传来一阵令人恶心的吮吸声，同时它的身子也开始左右扭动起来。

"这是我发明的自动吸泥机，用来对付清洗鬼们的。"法术师得意洋洋地解释着。

"右方面军"的妇女成员和鸟类成员对这不感兴趣，于是他们就在草地上休息起来。

太阳开始慢慢地下山了，可奇怪的是，周围的光线并不像往常一样变成金黄色的，相反，那些熟睡的脸上蒙上了一层菜绿色。忽然间，树之间悄然地波动起来，隐隐约约地有一些个子细长、头部呈绿色的身影，不时从树后探出头来，然后又隐蔽到另一棵树后，远处法术师仍在给亨利讲解他的大炮，他们俩都没看到，有一圈披着绿发的细个子动物已经把其余的"右方面军"包围了。

罗姗娜梦见有一头猪正在用鬃毛顶她，她坐了起来，可她眼前出现了一张毫无血色、狰狞的清洗鬼的脸。罗姗娜吓得尖叫起来，紧接着又传来了凯蒂和玛丽的尖叫声。他们被清洗鬼包围了。

女孩子们和清洗鬼战斗了一番，可最后寡不敌众，她们只好举手投降了。这时一大群清洗鬼开始用消毒药水给她们冲洗。

与此同时，在池塘边的法术师和胖亨利对大炮的兴趣也差不多了，他们开始向宿营地走来。

突然法术师停住了脚步，因为他们发现路被一排密密麻麻的清洗鬼挡住了。他们正背对着法术师他们。

法术师和胖亨利飞快地向池塘边奔去，将大炮又推又拉地拖到了清洗鬼背后。

"准备好了吗？站稳了吗？开火！"

大炮抖动了一下，然后炮筒又稍稍往上翘了一下，随着一声巨响，石头般坚硬的泥球发射了出来，个个命中目标。清洗鬼们顿时乱作一团。

由于清洗鬼的阵线被撕开了一道口子，女孩子们立刻穿过清洗鬼的封锁线，向法术师他们飞也似的跑去。

当她们离安全地带只有二十几米远时，大炮突然不响了，清洗鬼们也觉察到了这一点。

原来事情是这样的。那根伸到池塘里的管子一直飞快地吸着泥巴，可湿泥巴用完了，管子碰到了池塘底下的岩层。它的功率很大，管子开始去吸石块。结果是石块卡住了大炮。

法术师拼命地排除故障，突然"哗啦"一声，弹药袋开了口，一块大石头滚了出来，紧接着，那弹药袋又"啪"的一声扣紧了大炮的边缘。于是大炮又开始发射了，声音比刚才还响。只是这次发射出去的是石头。

清洗鬼们又开始溃逃，女孩子们得救了。

令人奇怪的是，那些石头落地时，在地上砸了很多洞，钻进绿草和泥土下消失了。过了一会儿，从那些洞里又跳出许多圆圆的东西来。它们的个儿比石头大得多。一开始，它们和洞口一般大，一出洞，就膨胀起来，直到有圆形的电视机那么大。而且它们还是五颜六色的。那十几只大圆球跟着清洗鬼的队伍，排成了一行，步调一致地跳上跳下。

毫无疑问，弹跳鬼们开始准备进攻了。

"它们看上去像气球，我们可以用又长又尖的东西去戳它们。"胖亨利首先想出一个聪明的主意来。

就在这时，只听头上一阵风声，爱尔格农背着小天使落了下来。"太妙了！如果爱尔格农和小天使从空中戳，就不会被砸扁了。"亨利大叫道。

这时，弹跳鬼的队伍几乎已经到了他们的头上了。他们手里拿着别针、尖石头、大炮的零件加上鸟嘴，勇敢地冲向那些发出响声的大圆球。这真是一支古怪的队伍。

爱尔格农最先得手。他的鸟嘴深深地扎进了领头那只圆球。只听一声长长的尖叫，那只神气的紫球开始瘪下去。从那被戳破的表皮内，挤出了令人作呕的绿色黏液。它涂在地上，粘住了这个不再会弹跳的橡皮球，活像一块肮脏的破布。

这时法术师又发明了一种新办法，他从大炮上拆下钉子，当箭扔出去。

战斗很快结束了，草地上留下一片绿色的粘液和弹跳鬼的橡皮尸体。当每个尸体接近附近的一个洞口时，它们移动得更快了。然后"噗"的一声钻进了洞口，好像里面有一种很强的吸力把它们吸进去的。只一会儿，这个洞口就封闭了起来，好像刚才什么事也没发生过。

还没等他们高兴，清洗鬼们又冲了上来，可他们实在太疲倦了。正在这时，清洗鬼们头上的树叶突然分开，一排巨人像蜘蛛一样从长辫子一样的藤蔓上荡过来，嗖嗖地向清洗鬼扑去。每一个落下来的巨人只一下就打倒了整整一排清洗鬼，只一会儿，整支清洗鬼队伍就都整齐地躺倒在地上，再无还手之力了。

"右方面军,的全体成员向巨人们表示感谢。"如果你们愿意,我们可以背你们一段,直到走出清洗鬼的国界,好吗?"巨人那兹拉说。

两秒钟后,他们只觉得自己腾空而起,坐在巨人们结实的肩头上子,当然还有法术师的大炮。

天亮时,巨人们把"右方面军"放在了汉普斯丹山脚下。不久,他们便来到了山顶上一幢白色的大房子前。那房子的正中有一扇闪亮的金门。那耀眼的光芒好像刺穿了他们,把他们牢牢地钉在地上。

"你还在等什么?"一个声音从门里传来,"你干吗不进来?"

"是女皇!"罗姗娜高兴地叫起来。他们立刻推开金门,冲进女皇的卧室去。

顷刻间,他们都感受到里面一片温暖的景象:淡粉红色的灯光照耀下,到处是鲜花。床上的女皇比以前更美丽了。

"现在你们不想看看他吗?"女皇说着把罗姗娜带到床的另一边。那没腿的女皇居然下了床!

一张小床,铺着白色的绸缎,上面躺着一个黑发小男孩。

女皇离开了小孩,又灵活地上了床。

这时屋里响起了《上帝拯救了我们的女皇》的歌曲,其他人也都跟着齐声唱着这支歌。

这会儿,罗姗娜听到了一种高调的号叫,啊!是可怜的小娃娃哭了。罗姗娜小心地把他从摇篮里抱出来,放到一只椅子上。使她高兴的是,小孩马上停止了啼哭,罗姗娜感到非常满足。当人们大声唱到《上帝拯救了我们的女皇》的最后一句时,罗姗娜已进入了梦乡。

"喝午茶了!"大声说话的是她的哥哥麦特。

罗姗娜睁开眼睛,开始努力地回想着什么。

"你得赶快进屋去!"佐儿站在她的面前。

"我想妈妈也许还没有生孩子吧?"

佐儿蹦了一下说:"妈妈的孩子将在礼拜天生出来。一只鸟告诉我的,一只大老鹰。"

"一只老鹰?"罗姗娜的脚步又停了一下。但是这时她已在厨房里了。"累不死的小猢狲!我饿极了!"她吃得很欢,根本没去想一想,这句话是从哪儿学来的。

(吕爱丽　缩写)

小布头奇遇记

〔中国〕孙幼军　原著

　　小布头是什么呢？嗯——他是一个很小很小的布娃娃。现在我就来讲他的奇遇。

　　新年快要到了，幼儿园里好热闹呀！

　　老师们就更忙啦：她们要教小朋友唱歌跳舞，还要给小朋友做新年礼物。

　　新年礼物做了好多，上边用大红纸盖着。都是些什么东西呢？让我小声告诉你们吧！

　　有小黑熊呀，长颈鹿呀，还有洋娃娃、小汽车、小拖拉机、喷气式小飞机……

　　除夕的晚上快到了。老师们开始数礼物，只有99个，可幼儿园有100个小朋友哇！怎么办呢？小老师拉开衣柜的门，找出一丁点儿布头，做成了一个小小的娃娃，就起名叫小布头。她把小布头摆在玩具堆里，就出去了。

　　老师刚走，屋子里马上热闹起来了。

　　布猴子一个斤斗，从玩具中间翻了出来，把红纸也掀落在地上。他对大伙儿扬扬手说：

"喂！活动活动吧！朋友们！"

玩具们七嘴八舌地嚷了起来。

"我的腰都坐酸了。"小黑熊站起来说。

"我躺得头都昏了。"大洋娃娃娇声娇气地说。

小布头坐在那里，抬头一看，哟！对面是一只小老虎。他吓得朝后退了两步。

小老虎说："你不要害怕，我不咬人。"

布猴子看小布头还不放心，一把揪住了小老虎的尾巴。小老虎被揪得很疼，可为了证明自己是不咬人的，他就没发脾气。

大洋娃娃撇撇小红嘴唇说："一点儿也不勇敢，还是个男孩子哩！"

小布头难过得哭了。小黑熊说："别吵了！谁再欺负小布头，我可就不客气了！"

大伙儿都静下来。因为小黑熊是小老师最先做出来的，他是老大哥，大家都很尊敬他。

小黑熊说："明天咱们就有一个新家了！"

小鸭子说："我要找一个唱歌好的小朋友。"

小花猫说："我要分给一个爱清洁的小朋友，让他每天给我洗一次脸。不！每天洗两次！"

布猴子说："那就把你分给一个女孩子。"

小老虎说："我顶好跟一个男孩子去，男孩子都勇敢。"

玩具们正在嚷着的时候，外边联欢晚会开始了。玩具们都困得睡着了。

第二天一清早，老师给孩子们分玩具了。小朋友们高兴得又唱又跳，高兴极了。

只有一个小朋友不高兴，他叫豆豆，他分到的玩具太小了，只有豆豆的小手那么长。你们一定猜到了：他得到的就是小布头。

老师问他："你不喜欢这个小布娃娃，是吗？"

豆豆点点头，眼睛老看着苹苹抱着的大洋娃娃，那才漂亮哩！

苹苹心想："豆豆一定是喜欢我的大洋娃娃。好孩子要先想到别人。"于是，苹苹就走过去把大洋娃娃换给了豆豆。豆豆快活极了。

晚上回家的时候，苹苹带着小布头一跳就跳上了车。小布头认为苹苹是个勇敢的孩子。

苹苹一进家门，就对爸爸嚷：

"爸爸，我有了一个火车司机！"

"火车司机？"爸爸放下报纸奇怪地问。

"你看！"苹苹举起手里的小布头。

"真是个可爱的小布娃娃哩！"爸爸说。

"爸爸，你给接上电线吧！我要让小布头坐火车。"苹苹高兴地说。

爸爸让苹苹把铁轨一节一节地接成一个大圈儿，他把电线接在铁轨上，把火车放上去。苹苹把小布头放在火车头里，先按第一个按钮，火车慢慢地开动了。苹苹又按第二个电钮，火车就开得飞一样快。

小布头心里特别害怕，他还是第一次开火车哩！

"武汉到了，请旅客们下车吧！"苹苹又按了一下电钮，火车慢慢停住了。苹苹把小布头抱到饭桌旁，对他说："小布头，你真是一个好司机。现在咱们一起吃饺子好吗？"

小布头有些不好意思，爸爸对小布头说：

"吃吧。以后，你就是咱们家里的人了！"

天黑了，苹苹用积木搭了个小床，铺上被子。小布头躺在床上，觉得非常幸福，一会儿就睡着了。

第二天早上，小布头要和苹苹一起去幼儿园哩。可外面很冷，苹苹让妈妈做了个小外套，给小布头穿上。小布头心里甭提有多高兴了。

可是就在晚上，发生了一件叫大家都不高兴的事情。什么事情呢？

苹苹把小布头放在了又细又长的酱油瓶子顶上。小布头害怕掉下来，就往后挪了一下。没想到这一挪，小布头一个斤斗从瓶子顶上翻了下来！正好落在苹苹的饭碗里，米粒儿撒在桌子上了，还把苹苹吓了一跳。

"小布头！你看，你把粮食浪费了！"苹苹说着，又把小布头放在了瓶子上。

小布头高兴地想："哈哈，我原先胆子真太小了。从这么高的地方摔下去，也不过忽悠一下子，挺好玩儿的！"

小布头使劲跳下去。这下子可糟了！"哗啦"一声，小布头和酱油瓶子一起撞在苹苹的碗上。碗滚到地板上，撒得满地都是饭粒儿。

苹苹这回可真生气了，小脸儿气得通红。她抓起小布头，严厉地说："你真是个坏孩子！故意浪费粮食！"说完就不理他了。

小布头非常生气。没想到苹苹为这么一点小事儿，发这么大脾气。

一直到睡觉的时候，苹苹才温和地对小布头说："对不起，刚才我的态度不好，以后我再也不发脾气了。"

小布头想："女孩子就是不好，我一定要离开她。"

第二天晚上，从幼儿园回家时，小布头决定离开苹苹。他们坐上了李伯伯的儿童车。到家门前时，小布头趁苹苹下车的工夫，从她的衣袋里溜了出来，留在了儿童车里。

空的儿童车跑得很快。小布头心里很得意。过了一会儿，车子停住了。

"嗬，老李，您怎么也来了？"一个挺大的嗓门喊了一声。

"听说机器挺多，汽车不够用。"李伯伯说。

李伯伯拆掉了儿童车的棚子和板凳，儿童车变成了平板车。他又搬来一个四条短腿的黑黑的铁家伙，放在平板车上。小布头赶紧打了个滚儿，才没被压着。可漂亮的外套滚掉了。

车子又跑了起来。小布头问道："你是谁？"

"我是小电动机。"那铁家伙和气地说。

"电动机是什么呀?"小布头问。

"是一种机器,是带动抽水机的。大旱的时候,把井水抽上来,浇在田里;连雨天,把田里的水抽出来。这样庄稼就能长好,多打粮食。"

小布头一听粮食二字,不耐烦了,用手捂住了耳朵。小电动机看小布头一个劲儿发抖,就让他钻进了自己的铁外套。小布头缩成一团睡熟了。

"哐当哐当"的声音惊醒了小布头。他急忙问电动机:"李伯伯在哪儿呀?"

"他回工厂去了。我们现在是在火车上。"

小布头叹了口气说:"看样子,我是回不了幼儿园了。"

火车停住了。一台台的机器被搬下了车。

"再见!"电动机有礼貌地向小布头打招呼。

大嗓门儿叔叔发现了小布头:"嗨!这小玩意儿多有意思!把他送给农村的小朋友吧。"

说完,他把小布头塞进了工作服的大口袋里,上了一辆大马车。

小布头从口袋里探出头来,看见了新奇的事儿:那些电动机浑身被擦得亮闪闪的,还披上了大红绸子。人们敲锣打鼓,高喊:"欢迎工人老大哥!""大办农业!大办粮食!"

忽然一阵鞭炮声,小布头拼命往口袋里缩。口袋角上有个小洞儿,小布头漏了出来。一下子摔到了大车上,卡在两块车板中间。车板"叮叮冬冬"响起来,震得小布头脑袋瓜直发晕。三震两震,嘻!小布头儿从缝儿里给震出来了。

哎呀,不得了!红皮的大白薯,像雨点儿似的打过来。不一会儿,就把小布头给埋在底下了。小布头生气地说:

"好哇!我成了大白薯了!"

小布头和大白薯被卸进了屋子里的墙角下。

一只芦花小母鸡想找点吃的，她用爪子刨了几下，啄啄这儿，啄啄那儿……忽然她发现了小布头，就用尖嘴儿叼住小布头的鼻子，拼命地甩着。

"哎哟!"小布头疼得大叫起来。

小母鸡吃了一惊，把小布头甩到了半空中，"啪"的一声，落在大铁锅的盖儿上。

小布头不光摔得疼，鼻子还叫小母鸡啄得酸溜溜的，眼泪都快流出来了。

"你别哭，我不是故意的。我叫小芦花，咱们以后就做朋友吧!"小母鸡说。

小布头见小芦花挺有礼貌，就不那么生气了。他说："可是……你不会再啄我的鼻子了吧?"

小芦花红着脸说："一定不了。你的鼻子还疼吗?"

"不疼，一点儿也不疼!"小布头怕小芦花不相信，还用小拳头往自己鼻子上捶了一下。可这一捶，疼得他差点儿流出眼泪来。

小芦花走了以后，屋子里冷清清的。忽然，小布头看到碗柜下边，溜出来一个灰溜溜的小东西，摇摇摆摆地走着，嘴里还"吱吱"地唱着歌："鼠老五，鼠老五，溜出洞来散散步。最好找块甜点心，外加一个煮白薯。"

小布头见鼠老五机灵的样子，刚要打招呼，鼠老五站住了。他仔细看着一块小木板，上面绷着几条粗铁丝，还摆着一块东西。

鼠老五悄悄爬到木板上，小心地伸出爪子。

"哗!"

"吱——"

鼠老五被铁丝夹住，惨叫一声，死了。

这时，门开了，进来一位白胡子老爷爷。他提起木板儿来说："小坏蛋，谁叫你偷吃粮食！这一回，你可玩儿完了吧！"鼠老五被提走了。

小布头替可怜的鼠老五伤心。"让他吃点儿粮食，有什么了不起的呢？"他趴在锅盖上，哭了起来。

"你好哇！"一只大铁勺不知什么时候上了锅盖，他亲热地招呼小布头。

"你是干什么的呀？"大铁勺问。

"我从前是火车机器，不，是火车司机。"

大铁勺露出不相信的样子。

"我就坐在火车头上，后来，火车就开了。"

大铁勺"当当"地笑起来：

"这么说，火车不是你开的。"

小布头忽然闻到一股难闻的味儿，他立刻捂住了鼻子。

大铁勺关心地问："你是不是伤风了？"

"我根本就没伤风！因为……你身上，有一股讨厌的臭稀饭味儿。"

一听这话，大铁勺好半天没说话，他想起了一个伤心的故事。他讲给小布头听。

唉，说来话长。我姓郭，因为我是一个姓郭的铁匠打出来的。他把我送给了他的哥哥——郭老大。

郭老大家有个小姑娘叫丫丫，她天天和我玩。丫丫娘总把我洗得干干净净的。我很喜欢她们。有一天，郭老大一进门就哭了起来。原来，郭铁匠被抓去当兵，他半路逃跑，被枪毙了！我难过地哭了起来。

解放前，郭老大家做的，才叫臭稀饭哩！锅里难得有几颗粮食，煮的是野菜梗儿和树叶。后来，就连臭稀饭，我也做不上了。没多久，丫丫和她娘都饿死了。

一天，一个大汉走进门来，他两眼贼溜溜地往四处一扫，发现了我，就把我和铁锅一起端了出去。从那以后，我住在地主王老财家里，我在锅里炒大片大片的肉，做雪白雪白的大米饭，可我总觉得有一股血腥味儿！

小布头听到这儿，哭得伤心极了，他说："要是郭老大有粮食，小丫丫就不会饿死，对吗？"

"那当然。"大铁勺说。他接着讲道：

我在王老财家过了20来个年头。忽然有一天，很多穿得破破烂烂的人跑到厨房里，把我放在一个大箩筐里，抬到了广场上。天空那么晴朗，太阳那么明亮！广场上的人越来越多，孩子们也高兴地在人群里穿来穿去。一位穿制服的干部站到人群前边说：

"乡亲们，咱们打倒了地主老财，现在就要把地主霸占的土地，分给大家种……

"共产党万岁！"

"毛主席万岁！"

人们喊起口号来。后来，人们排着队来取东西了。一位老爷爷一把抓住我，叫了起来：

"在这儿！你会在这儿！"

是郭老大！我真是太激动了！他实在变得太厉害了。满脸皱纹，头发白了一多半儿！

郭老大笑呵呵地对我说："大铁勺呀大铁勺！共产党和毛主席来啦！咱们解放啦！"

从此，我们的日子过的一天比一天好啦！

讲到这里，大铁勺微笑着舒了一口气。

"后来呢？"小布头问。

"后来呀，郭老大参加了农业合作社，过上了幸福生活。"

"后来呢？"小布头又问。

"后来有一个不懂事的娃娃，他说喷香的大米粥是'臭稀饭'！"

小布头不好意思地说："我再也不说'臭稀饭'啦！"

"那还不够。"大铁勺不肯罢休，"应该说'香米粥'！不信，你闻闻。"

小布头凑上去闻了闻。"啊！真香啊！"小布头跳着说。不想这么一跳，"滋溜"一下，正好扑在大铁勺里，滚得浑身都是米汤。

大铁勺和小布头开心地笑起来。

天黑下来了，门开了，走进一个人来，正是郭老大，也就是白胡子老爷爷。他把大铁勺洗好，擦好，放到碗柜里去。

小布头迷迷糊糊刚要睡着："扑腾！扑腾！"锅盖震动了几下，四个什么家伙跳上了锅盖。小布头连气都不敢出，他们在他身上乱闻，弄得他浑身直痒痒。

原来他们是四只老鼠——鼠老五的哥哥们。

"吱吱，今天鼠老大运气真不坏！"鼠老大一声令下，"带着香点心回洞去！"

鼠老三答应一声，揪着小布头的衣领，把他拖进了老鼠洞。

四只老鼠回到洞里，围着小布头，坐成一圈儿。鼠老大说："大家先不忙吃。咱们每人作一首诗，说说自己的本事。"鼠老大说完，马上念道："鼠老大，顶呱呱，人人见我都害怕！洞里大权都归我，世界之上我称霸！"

鼠老大怎么作得这么快呀？原来，这是鼠老二献给他的祝寿诗。鼠老大把原来的"你"都改成了"我"！

鼠老二心里在笑，嘴上却说："杰作！太感人了！"他假装想了好半天，才开始念："鼠老二，本事大，嘴儿尖尖会说话。别看今天当军师，吱呀吱呀吱呀呀。"

其实，鼠老二早就编好了，末了一句本来是"老大一死我当家"。他当然不能当着老大的面照实念，所以临时改了词儿。

鼠老三憋得脑袋都疼了，最后念道："鼠老三，不简单，又用牙来又用拳。只要老大说声'咬'，让他脖子稀巴烂！"

鼠老四念道："鼠老四，真能干，香油能喝一大碗，能吃饺子能吃面，点心能吃二斤半！"

鼠老大上前咬住了小布头的绿上衣，没咬动，又咬了一下小布头的白裤子，又没咬动。

"呸！"鼠老大恼火了，"这算什么点心哪！"

老三老四一齐扑上去，各自咬住了小布头的一条胳膊。小布头疼得"哎哟"一声，两条胳膊使劲一甩，甩脱了两只老鼠。

四个老鼠吃了一惊，睁着贼溜溜的小眼睛，看着小布头。

"你是什么玩意儿？"鼠老大龇着尖尖的牙齿骂道，"竟敢装点心，故意骗我们！弟兄们，来呀！给我狠狠地抛！"

老二老三老四把小布头使劲往上抛，"砰"地一声摔在地上。小布头忍住疼，一声不哼。

"来呀！搬块大石头，把他压起来，等放烂了再吃。"鼠老大说完，小布头就被压在了石头下。

小布头这下明白了，老鼠全是坏蛋！我多傻呀，还为那个小坏蛋哭了一场。

"吱吱，我想出了个好主意！咱们去弄一只鸡来吃吃！"鼠老二说。

小布头一听，慌极了。他还约小芦花来玩儿呢。要是她来了，怎么办呢？

这时候，天亮了。洞口传来好听的喊声。小布头听出是小芦花，喊道："小芦花，快跑！"

"咕咕咕！"小芦花还笑哩，"小布头，你藏在哪儿？快出来！"

"老鼠来了！他们要吃你！"

"我才不信呢！"小芦花说。

小布头急哭了："哎呀！真是急死人！我被老鼠压在洞里了。快点儿逃！"

听到小布头哭了，小芦花才相信。她一边跑一边说："我一定想办法救你！"

老鼠们见小芦花跑掉了，气得浑身发抖。鼠老大喊叫着："好哇！你敢泄露秘密。把他摔死！"老鼠们把他一连抛了10下。

小布头咬紧牙，一声不出。这天夜里，小布头做了一个梦，梦见了苹苹。他后悔不该离开苹苹，泪珠儿从他脸上滚落了不来。

天亮时，四只老鼠回来了。他们挺和气地坐了下来。鼠老二说："我们本想杀掉你，可一想，这么小就死掉，多可怜呀！所以，我们就饶了你，把你放出去。"

"真的？"小布头可不相信。

"当然！"鼠老二笑着说，"可是，你得帮我们办点儿事。你叫小芦花来玩儿，说上次是骗她玩的，没谁想抓它。我们就放了你！"

"呸！不要脸！呸……"小布头气得大骂。

鼠老大火冒三丈，他大叫："气死我啦！把他给我杀掉！把他撕成一片儿一片儿的！"

"咚！咚！咚！"

"轰！哗啦——！"

这时，前面的墙被几把大铁镐打了个洞。

鼠老大想从后门逃走，小布头拉住他的尾巴。可是尾巴又细又滑，还是让鼠老大逃了。小布头用身子堵住了后门门口，三只老鼠只好向前面冲去。

"打呀！打呀！"

外面一陈叫喊声，又一阵"叮叮当当"铁锹声。"哈哈，"老郭爷爷在笑，"成绩不小哇！"

"咦！后面洞口还堵着个东西哩！"黑胡子碴叔叔说着，伸手把小布头拿了出来。

"还亏得这个小东西堵住了洞口，要不，这三只老鼠跑了！"黑胡子磕叔叔夸奖道。

小布头心里很高兴，他看见那三只老鼠死在地上。这时黑胡子磕叔叔对一位阿姨说：

"把这小东西拿给你们二娃玩吧！"

那位阿姨把小布头带回家，放在坑桌上，就走了。

忽然，"咕咕！咕咕！"进来一只小黑鸡和一只小白鸡。后来，又进来一只……

"小芦花！小布头大声喊起来。

三只小鸡高兴得跳了起来。她们认为小布头是个勇敢的娃娃。

"小布头，你就住在这吧，明天我们还来找你玩儿。"

"不行，我得回家去找苹苹！"

"苹苹是谁呀？她住在哪儿？"

"她是我的好朋友，住在城里。可远啦，还要坐火车……"

小芦花忽然想起田阿姨家的孩子有一架飞机。就说："你等着吧！他准会用飞机送你回城的"。小布头高兴极了。

晚上，田阿姨带着二娃回来了。二娃爬上了炕，忽然看见了小布头，说："真好玩儿！可就是不卫生。"

田阿姨边做饭边说："都是老鼠给弄脏的。"

田阿姨把小布头的衣服洗干净晾了起来。又用黄布头做了顶老虎帽，两个大眼睛和大耳朵，中间有个"王"字。接着，她又缝了一套新衣服，给小布头穿上。

小布头一换上新装，变成一个农村的小朋友了。田阿姨和二娃一看，笑得直不起腰来了。

这时，哥哥大娃放学回来了。他一见小布头，喜欢得不得了，对二娃说："借给我两天吧，让我做个试验。把我新编的鸟笼子送给你。"

"好吧！可一定得还我呀。"二娃说。

"那当然啦！"大娃说。

第二天一早，大娃拿着小布头走进一间小屋子。房子四壁是玻璃的。大娃把小布头放在一个什么东西上，就出去了。

这时，两个声音在跟他打招呼。他们是小金球和黄珠儿。

小布头说："我会坐儿童车，还上幼儿园，还……还会跟小芦花一同种麦子！"

"你还会种麦子？怎么种呢？"小金球问。

小布头高兴地说："好！我来教你们！先去搬来一颗麦子，麦子就像大鸡蛋……"

"嘻嘻！"小金球和黄珠儿听了都笑起来。

小布头以为自己讲得很好呢，接着说："把鸡蛋大的麦子埋在地里，用扇子扇。轰！一声响，就长出一棵大树来。后来，树上就长满了大鸡蛋，那就是麦子。麦子'劈劈啪啪'掉下来，堆成了一座山！"

小金球"哈哈"大笑起来，黄珠儿用力忍住了笑。

小金球说："我是一颗麦子，黄珠儿也是一颗麦子，是田阿姨和大娃精心栽培的。"

小布头脸红了，不好意思地笑了。

小金球告诉小布头，农民是怎样种麦子的：首先，要选出结实的麦粒，拌上药粉，杀死细菌。然后种到地里，地耕得又松又软，还施上肥。农民伯伯挑水来浇，还撒农药杀死害虫。

小布头说："没想到种麦子还这么麻烦呀！

这时，其他麦苗被吵醒了。小布头把自己和老鼠搏斗的经历讲给大家听了。但大家都不知道那个勇敢的小朋友就是小布头。

这时，大娃回来了。大娃把小布头拿回家，从书包里掏出一个风筝。他把小布头拴在风筝上。然后，把风筝举起来，小布头就在半空了。

"哟!"小布头心想,"这还叫坐飞机呀,也没让我坐下来呀!'站飞机'也不对。脚在半空中悬着,也不能算'站'。"

大娃一手举着风筝,一手拿着线轴。一群孩子也跟着跑。小芦花、小黑、小白,也赶来送行。风筝越飞越远,越飞越高。

小布头往下看,房子呀,树林呀,小路呀,统统在他的脚底下。他有点害怕,但一想到要见到苹苹了,就不害怕了。忽然,他看到远处有一列火车在奔跑,火车头冒着白烟。小布头想,说不定再飞一会儿,就到了苹苹的家了。

这时,发生了一件可怕的事。

两只大老鹰抓住了小布头,风筝线断了。两只老鹰在抢小布头时,把小布头弄掉了。

小布头醒来时,太阳已经快要下山了。他躺在路旁的沟里,又冷又饿又伤心。

天变黑了,天空布满了小星星。

忽然,小布头听见身边有很细的脚步声。借着星光,他看见溜过去的是鼠老大!

"别往里躲了,我看见你了!"

小布头心猛一跳:"糟啦,他看见我了!"不对,鼠老大是对着一个洞口喊的。

洞里伸出一个毛茸茸的小脑袋来,圆圆的小耳朵,是只田鼠。田鼠讨好地笑着。

"吱吱,怎么不请我进去坐呀,啊?"鼠老大冷笑着。

"我们小门小户的,哪有大哥家里阔气。"

"少废话!"鼠老大说,"向你借点儿粮食!"

"哎呀,大哥!"田鼠装出一副可怜相,"你也不是不知道,我哪有吃的!我饿得腿都软了。"

田鼠说完，还往地上蹲了蹲，表示他的腿真的饿软了。

"我要住在你这儿。有个布做的小坏蛋，把我给弄惨了！要是抓住他，我要把他咬成一千片儿！"鼠老大说完就硬挤进洞里去了。

日子一天一天地过去了。小布头躺在沟里，冷极了。大路上常常有人走过，可是谁也没发现小布头。

下雪了，小布头被雪花盖起来了，他觉得暖和多了。他多么想念他的朋友们哪！小芦花要是知道他埋在雪里，一定会来救他，当然，他最想念苹苹，苹苹还在生气吗？

小布头伤心地哭了一阵子，就睡着了。

忽然，一阵锣鼓声把他吵醒了。还有不少人把雪踩得"咯吱咯吱"响。

"这么多人！要干吗呀？要是他们能看见我躺在雪底下，那多好！"

这些人是生产队的叔叔阿姨们来扫雪。他们要把雪堆到麦田里去。到了春天，麦苗儿就能喝到许多清凉的水，就会长得好，多打粮食。

"老郭爷爷，您老人家怎么也来了？"

"在屋里待不住呀。我也该出点力呀！"

忽然，小布头眼前一亮。老郭爷爷说：

"这个小玩意儿，我好像见过。"

"哈哈！我的飞行员！"大娃抓住小布头。

"咳！一个洞！田鼠洞！"大娃说，"咱们把洞挖了吧！"一阵铁锹声和叫喊声。

小布头一看，鼠老大和一堆田鼠被打死了。

小布头回到了田阿姨家，二娃跟他可亲热哩！晚上，大家到小学校去开欢迎大会。

当新社员讲话时，小布头听出是苹苹的爸爸。小布头高兴极了，他大声喊着："来呀！小布头在这儿哪！"可是大家使劲鼓掌，谁也没听见小布头在叫。

联欢节目开始了。有个小女孩走到二娃身边，递给他一辆小汽车。二娃回送她一个什么呢？对，小布头！

苹苹惊讶地叫了起来："小布头，小司机！"她一个劲地亲小布头的小脸蛋。

小布头快活得流出了眼泪，把苹苹的脸蛋儿都弄湿了。苹苹把一件小外套给小布头穿好。

欢迎会结束了，大家亲亲热热地分开了。

苹苹的爸爸、妈妈带着苹苹和小布头踏着软软的雪，往新家走去。

好啦，小布头的奇遇讲完啦！

后来，小布头对苹苹讲了，苹苹对小老师讲了，小老师又对我讲了。这以后的事情嘛，等我以后有了空儿，再慢慢地讲给你们听吧！

（郑岩　缩写）